U0789478

曹雪芹 著

霍國玲 紫軍 校勘

石頭記

脂硯齋全評本（珍藏版·全八冊）

人民出版社

圖書在版編目（CIP）數據

石頭記　脂硯齋全評本（珍藏版・全八册）/（清）曹雪芹著；霍國玲、紫軍校勘 .—北京：人民出版社，2021.9

ISBN 978-7-01-019427-1

Ⅰ.①石…　Ⅱ.①曹…②霍…③紫…　Ⅲ.①章回小説－中國－清代
Ⅳ.① I242.4

中國版本圖書館 CIP 數據核字（2018）第 120381 號

版權所有・侵權必究

責任編輯：李惠
封面設計：北京鑫恒藝文化傳播有限公司

石頭記
脂硯齋全評本（珍藏版・全八册）
（清）曹雪芹　著　霍國玲　紫軍　校勘

人民出版社出版發行
（100706　北京市東城區隆福寺街 99 號）
印廠：河北盛世彩捷印刷有限公司印制　新華書店經銷
二〇二一年九月第一版　二〇二一年九月北京第一次印刷
開本：889 毫米 ×1194 毫米 1/16　印張：97
字數：920 千字　印數：0,001-1000（套）
書號：ISBN 978-7-01-019427-1　定價：798.00 元
郵購地址：100706　北京市東城區隆福寺街 99 號
人民東方圖書銷售中心　電話（010）65250042　65289539

曹雪芹小像

《石頭記》四大家族主要人物關係圖

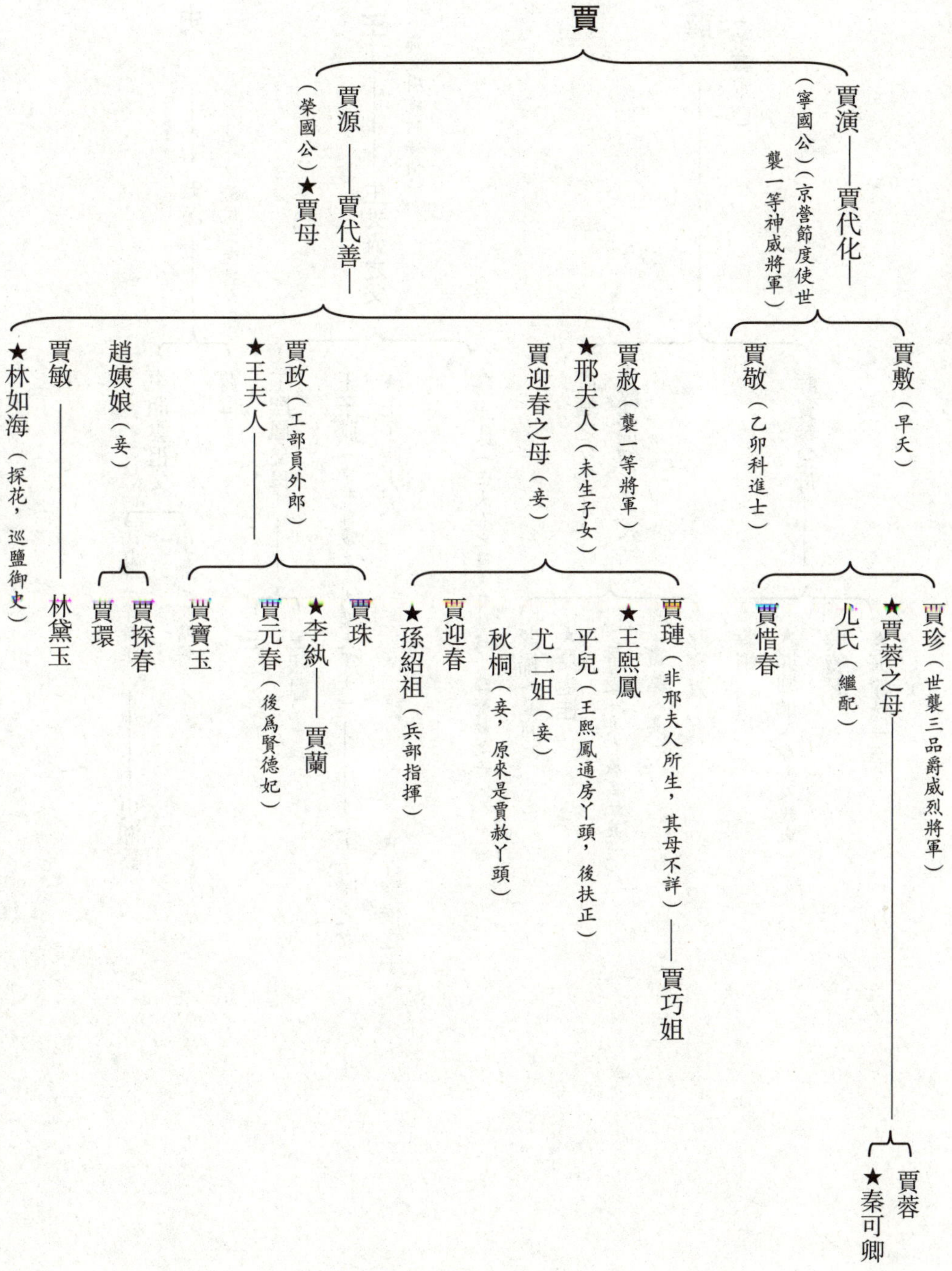

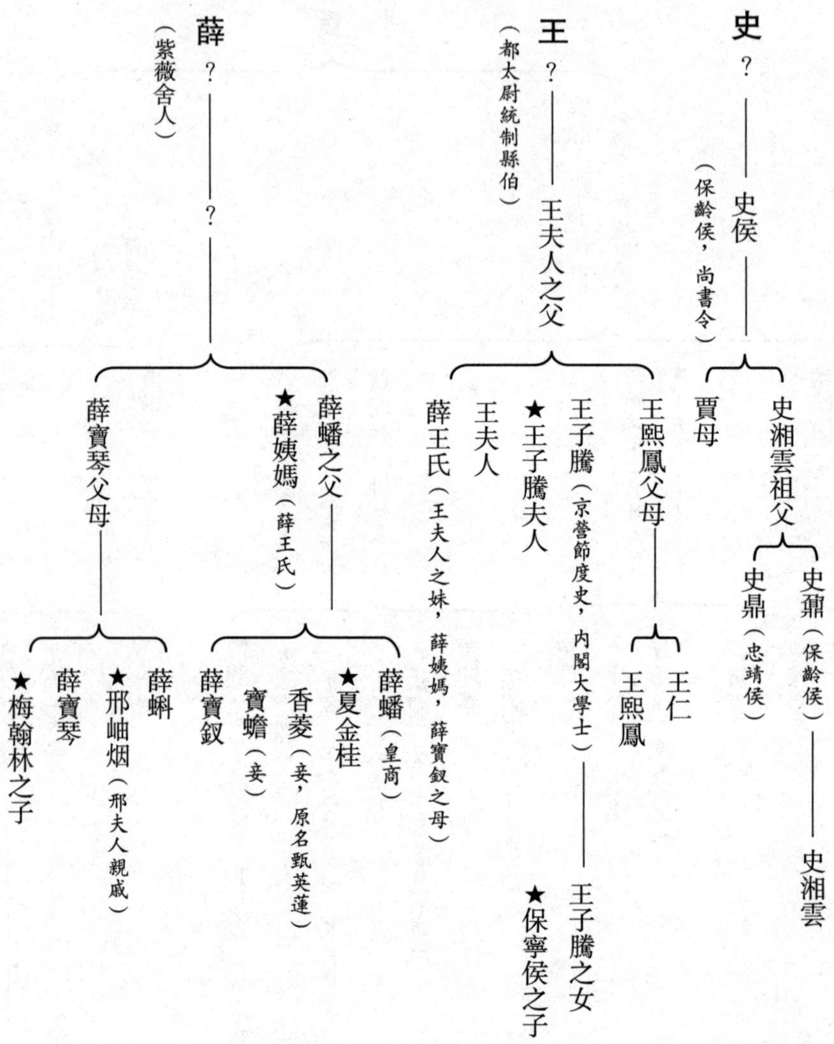
史
？
史侯（保齡侯，尚書令）
史湘雲祖父
賈母
史鼐（保齡侯）
史鼎（忠靖侯）
史湘雲
王
？（都太尉統制縣伯）
王夫人之父
王熙鳳父母
王子騰（京營節度史，內閣大學士）
★王子騰夫人
王夫人
薛王氏（王夫人之妹，薛姨媽，薛寶釵之母）
王仁
王熙鳳
王子騰之女
★保寧侯之子
薛
？（紫薇舍人）
？
薛蟠之父
★薛姨媽（薛王氏）
薛寶琴父母
薛蟠（皇商）
★夏金桂
香菱（妾，原名甄英蓮）
寶蟾（妾）
薛寶釵
薛蝌
★邢岫烟（邢夫人親戚）
薛寶琴
★梅翰林之子

注：★代表夫妻關係。

序

一

二百多年來社會上流行的曹雪芹著作是《紅樓夢》。

乾隆五十六年（一七九一年），程偉元、高鶚接受了宮廷提供的各種曹雪芹遺留下來的前八十回手鈔本以及一部由無名氏撰寫的後四十回續書，經過精心改造——不僅删改了正文中的犯忌部分，而且删去所有脂硯齋批語，之後再在八十回後面續上無名氏的後四十回，形成一部一百二十回的章回小說，將書名定為《紅樓夢》，然後交由清宮的萃文書屋刊印、發行，推向全國。這部章回小說受到讀者的熱烈歡迎，成為二百多年來始終暢銷的經典，被推為中國『四大名著』之首。

然而，清朝被推翻後，民國元年（一九一二年）有正書局石印出版了『戚蓼生序本』《石頭記》。這部

《石頭記》的原本系手鈔本。此後，類似的手鈔本又陸續發現四種：乾隆十九年形成的『甲戌本』《脂硯齋重評石頭記》（二評本）、乾隆二十四年冬形成的『己卯本』《脂硯齋重評石頭記》（四評本）、乾隆二十五年冬形成的『庚辰本』《脂硯齋重評石頭記》（四評本）以及其後形成的蒙府本《石頭記》。

曹雪芹去世于乾隆二十八年除夕（公元一七六四年二月一日），戚序本《石頭記》是曹雪芹臨終前的定稿本。在曹雪芹去世後，《石頭記》的歷次手稿便流落民間，被人們廣為傳鈔。不幸的是，乾隆皇帝借編纂《四庫全書》之名，肆無忌憚地大搞『文字獄』，對圖書進行了大規模審查，甚至連文人的詩文手稿、流傳于民間的小說及戲曲腳本也未能幸免。從一些殘存的史料來看，《石頭記》曾被列為禁毀之書。但是由于《石頭記》是一部『奇書』，在正式公布解除『文字獄』後，《石頭記》又曾復活——在琉璃廠坊間有書商偷印。這嚇壞了乾隆皇帝，之後便出現了將《石頭記》改頭換面的程高本《紅樓夢》。

當我們將《石頭記》與程高本《紅樓夢》進行比較後，便會發現兩者之間有三點明顯區別：

第一，正文 這些《石頭記》手鈔本正文祇有八十回。經過研究，我們認為，《石頭記》之前的曹著是一部一百一十回本，書名叫《紅樓夢》的著作。曹雪芹於乾隆十六年之後將他的著作改寫成為只有八十回的《石頭記》。而程高本《紅樓夢》則在《石頭記》手鈔本八十回後面，又續補了由無名氏撰寫的後四十回。

第二，批語 這些《石頭記》手鈔本中存有大量批語。批語形式有回前批、回後批、夾批、側批、眉批。從《脂硯齋重評石頭記》書名來看，可知批書人名為『脂硯齋』。而程高本《紅樓夢》則將全部脂硯齋批語刪得一幹二淨。

第三，书名 手鈔本書名叫做《石頭記》——有脂硯齋批語曰：『本名。』『甲戌本』（二評本）第一回寫道：該書有五個書名：《石頭記》《情僧錄》《風月寶鑒》《紅樓夢》《金陵十二釵》。但在其後的各個鈔本中，均將《紅樓夢》之名刪除，而保留了其他四個書名——說明作者不想讓一百一十回《紅樓夢》一書流傳于後世。

本書是以戚序本《石頭記》為底本，以其他早期手鈔本——蒙府本、庚辰本、己卯本、甲戌本為參校本校勘而成的曹雪芹著作。這一校本保留了曹雪芹原著為『奇書』的基本形式：衹有八十回，卻添加了大量脂硯齋批語。書名仍叫做《石頭記》。

現在出版的這部豎排版《石頭記》是在《脂硯齋全評石頭記》（二〇〇六年一月由東方出版社出版）和

《石頭記》（脂硯齋全評本）（二〇一四年由人民出版社出版）的基礎上作了少量修訂形成的，其字體較大，采用中國古代圖書的豎排形式，以滿足一些讀者，特别是老年讀者的閲讀習慣。

二

自乾隆五十六年（一七九一年）《紅樓夢》出版後，就受到讀者的歡迎，且長久不衰。對于這種現象，曹雪芹早就有所預料，曾在書中利用批語寫道：『諺雲：「一日賣了三千假，三日賣不出一個真。」信哉！』——曹雪芹真著《石頭記》始終没有解除禁毀令，僞著自然就會大行其道，人們也衹能視『假』爲『真』。悲夫！以致清末民初有人寫詩曰：『不談新學談紅學，誰似蝸廬考索多？』自注雲：『新政風行，談紅學者改談經濟，康、梁事敗，談經濟者，又改談紅學。』[1] 此後，人們也就逐漸將《紅樓夢》研究稱之爲『紅學』。其後一些大學問家，如王國維、蔡元培、胡適也都先後加入《紅樓夢》研究行列，逐漸使『紅學』形成鼎立的三個學派——索隱派、考證派自傳説、小説評論派。自那時至今已逾百年，『紅學』成果如何？

——且不説三個學派之間互不相容，彼此否定，就是各個學派内部，在一些重要的學術問題上，也絕無調和的可能。

『索隱派』各家說法不下百種，五花八門，均屬主觀臆測，不足為據。

『考證派』學者整日鑽在故紙堆中，反復搜尋，力圖證明《紅樓夢》所寫的是曹雪芹的自傳及曹家的家事。無奈有價值的史料早已被乾隆皇帝下令銷毀，所剩殘缺文獻，涉及作者及其家世的史料少得可憐，甚至連曹雪芹的父母是誰，其生辰何日，卒于何時，故居何處……都無明確記載，因而祇要一談具體問題，便會陷入無休止的爭論之中，被『紅學』界稱為『死結』。

『小說評論派』盡管在一九五四年批判俞平伯錯誤學術思想之後成為『霸主』，可以向『索隱派』『考證派自傳說』肆意討伐，然而學派內部，在一些較重要的問題上，諸如什麼是《紅樓夢》的主綫，作品的階級傾向是什麼……也是意見紛紜，祇有爭論，而無結論。于是有位敢于面對現實的紅學家說道：『對一門學科來說，研究了一百年，在許多問題上還不能達成比較一致的結論，甚至形成許多死結，我想，無論如何不能說這是這門學科興旺的標志。所謂真理越辯越明，似乎不適合《紅樓夢》。倒是俞平伯先生說的「越研究越胡塗」，不失孤明先發之見。』[ii]

實際上從一九五四年批『俞』運動後，直到一九八〇年上半年，『紅學』和『紅學家』便成為不光彩的字眼，從所有報章雜誌中消失。現在隨着《紅樓夢》是曹雪芹著作的閹割、篡改本真相的大白，『紅學』既失去了賴以生存的基礎，也就自然會退出歷史舞臺。

三

《石頭記》是一部以通俗的大衆語言寫出的章回小說。正文中夾雜着一些詩詞曲賦，其中雖有些難解的詞句，但衹要手頭有部《辭海》或《辭源》，隨時翻閱，也就能大體理解詞義。因而《石頭記》從字面來看，入門并非難事。然而讀者衹要重讀一遍《石頭記》，必有一遍的收獲，特别當一字一句地進行認真思考時，便會發現書中的『矛盾』比比皆是，脂硯齋稱之為『誤謬』。早在清代時就有研究者羅列出幾十條『謎』，認為難以解開。在《紅樓解夢》第五集（霍國玲、紫軍著，新世界出版社二〇〇三年版）中，曾列舉出三百一十個『謎』——這種現象在任何書中都不曾見過。故有學者稱《石頭記》為『謎書』。對于這些『謎』，難道衹能回避、掩飾，就不能將其破解嗎？

——解開這些『謎』，難度極大，正像脂硯齋所雲：『非具龍象力者，其孰能哉。』意思是若欲解開這些

『謎』，解者必須具備『龍象之力』。

為什麼解開《石頭記》中的『謎』如此困難？現在讓我們先了解一下這些『謎』是怎樣形成的。《石頭記》看似一部章回小說，實則遠非如此。作者在開篇就向讀者説明：該書是用『假語村言』寫就，但其中卻隱藏着真事。正因為如此，作者特意在書中設置了兩個人物，分别叫做『賈雨村』（諧音『假語存』）和『甄士隱』（諧音『真事隱』）。那麼書中何處為『真』，何處為『假』呢？于是作者又作出一種形象比喻——『風月寶鑒』。書中跛足道人給了賈瑞一柄『奇鏡』：看正面，是個美人；當翻轉到背面時，看到的則是一具骷髏。作者在書中設計『風月寶鑒』奇鏡，目的是向讀者説明《石頭記》正是像『風月寶鑒』那樣的書，因而《石頭記》也可叫做《風月寶鑒》——這是《石頭記》的書名之一。

《石頭記》是一部有正、反兩面的書。書中的『謎』便是從正面小説進入背面歷史的切入點，讀者衹要以脂硯齋批語作引導，就可解開書中一個又一個的『謎』，然後，再將這些『謎底』（即史實）彼此相連，便成為隱藏在《石頭記》小説背後的真實歷史。這時我們便可以驕傲地説：我們已成為曹雪芹所期待的『解味人』了。

『石學』（一門系統地研究《石頭記》的學問）學者經過四十餘年的不懈探索，采取『内證』（在脂硯齋的指引下，通過小說的正面，探索隱藏于其背後的歷史）和『外證』（通過對歷史文獻的考證，作為對『隱史』的驗證和補充）相結合的方法，已基本破解了隱藏于《石頭記》小說背後的歷史。其成果集中體現在『石學』論叢中，讀者可以尋來參考。iii

帶有全部脂硯齋批語的八十回本《石頭記》，是依據曹雪芹原著校勘而成的著作。願讀者能夠通過對該書的研讀，成為曹雪芹的『知音』！

霍國玲　紫軍

于二〇一九年五月

i 徐兆瑋：《游戲報館雜咏》，轉自《紅樓夢卷》一粟編，中華書局一九六三年版，第四〇四頁。

ii 《名家解讀紅樓夢》，山東人民出版社一九九八年版，第九〇一—九〇二頁。

iii 『石學』論叢所包括的圖書有《石頭記》《脂硯齋全評本》《紅樓解夢》第一至八集、《紅樓圓明隱秘》《反讀紅樓夢》《曹雪芹毒殺雍正帝》《考證曹雪芹》等。

目録

校勘説明

迄今為止發現的《石頭記》早期鈔本共有十二種（其中靖藏本正文遺失）。

這十二種可分作兩大類：一類名《石頭記》，一類名《紅樓夢》。

名《石頭記》這一大類又分作兩類，一類名《脂硯齋重評石頭記》；一類名《石頭記》。

為了使讀者對各鈔本有個概括的了解，請詳見下表：

《石頭記》或《紅樓夢》鈔本及版本一覽表

書名	簡稱	鈔本形成或記錄的時間
脂硯齋重評石頭記	甲戌本 己卯本 庚辰本	乾隆十九年（一七五四） 乾隆二十四年冬（一七五九） 乾隆二十五年秋（一七六〇）
石頭記	蒙府本 **戚序本** 戚寧本	乾隆三十四年（一七六九・己醜）
乾隆二十八年除夕（一七六四年二月一日），曹雪芹病逝。		
石頭記	靖藏本 列藏本	乾隆四十一年（一七七六・丙申）
『文字獄』的第二階段，乾隆四十二至四十八年（一七七七—一七八三年），恰是編纂《四庫全書》之時。		
紅樓夢	鄭藏本 紅樓夢稿本 甲辰本 舒序本	乾隆四十九年（一七八四） 乾隆五十四年（一七八九・己酉）
紅樓夢（程偉元、高鶚續本，不屬于早期鈔本）	程甲本 程乙本	乾隆五十六年（一七九一・辛亥） 乾隆五十七年（一七九二・壬子）

本書根據《石頭記（脂硯齋全評本）》改編，原書是以戚蓼生序本《石頭記》為底本。有正書局曾于民國元年（公元一九一二年）以《國初鈔本原本紅樓夢》為名石印出版戚序本，故又稱『有正本』。由于此鈔本原是過錄本，難免有一些遺漏、舛誤處，因而既以此本作為底本，仍需參照其他鈔本加以校勘。本書采用繁體字，以豎排形式出版。校勘原則如下：

一、本書正文：

（一）用戚序本作為底本，對衍奪訛舛處，以蒙府本作為第一參校本，庚辰本作為第二參校本，并輔以甲戌本、己卯本、甲辰本、列藏本、夢稿本等進行校勘。其校勘說明置于每回後面，以帶方括弧的中文數字作為注號注明，如：〔一〕〔二〕〔三〕等。

（二）對于原文中明顯的錯意、錯字、別字、漏字等則予改正，注明『校者改』或『校者補』。

（三）為便于讀者閱讀，書中有極少量用詞，依照現在習慣作了改動，如『屠毒』改為『塗毒』，『打諒』改為『打量』，『遭塌』改為『糟蹋』，『握臉』改為『捂臉』，『妥貼』改為『妥帖』，『梯己』改為『體己』，『工課』改為『功課』等。

二、本書評批：

（一）回前批、回後批和夾批（原鈔本中夾在正文中間的批語）：

以戚序本作為底本，參照蒙府本、庚辰本、甲戌本、己卯本、列藏本、甲辰本等對舛誤處修正。若其他鈔本中的回前批、回後批和夾批戚序本中沒有，則加以補充。對所補充的批語，仍置于該批相應的位置，并在批語前注明鈔本名稱簡稱，例如，甲：代表甲戌本；辰：代表甲辰本；蒙：代表蒙府本……

若其他鈔本回前批、回後批和夾批與戚序本相比較，内容更加詳細與豐富，并涵蓋戚序本批語時，則采用其他鈔本批語，亦在批語前注明鈔本名稱。

（二）側批（原鈔本中豎行右側的批語）和眉批（原鈔本中置于天頭的批語）：

戚序本中無側批和眉批。本書中的側批和眉批均參照蒙府本、庚辰本、甲戌本、己卯本、靖藏本、列藏本、甲辰本等予以補充。所補充的批語原為頁下注，現還原至相應文字處。

（三）當其他鈔本中的批語與戚序本相同或相似時，一般祇選定戚序本的批語。少量基本相似，但亦有新意的批語，則單列出，并加以注明。

（四）對于所校勘出的錯字、別字、脫字、衍字，均標以加重號，并在圓括號（ ）內說明，如：雖（原無）、妙（原多人）、渲（原作煊）、禁止（原作進）、情（原作亦清）……

三、本書校勘的參校本與主要參考書有：

（一）蒙古王府舊藏鈔本《石頭記》，書目文獻出版社一九八六年影印。

（二）《脂硯齋重評石頭記（庚辰秋月定本）》（庚辰，一七六〇年），人民文學出版社一九七五年影印。

（三）《脂硯齋甲戌抄閱再評石頭記》（甲戌，一七五四年），上海古籍出版社一九八五年重新影印。

（四）《脂硯齋重評石頭記（己卯冬月四次閱評）》（己卯，一七五九年），上海古籍出版社一九八一年影印。

（五）列寧格勒鈔本《石頭記》，中華書局一九八六年影印。

（六）乾隆甲辰（一七八四年）夢覺主人序本《紅樓夢》，書目文獻出版社一九八九年影印。

（七）乾隆鈔本百廿回紅樓夢稿本，上海古籍出版社一九八四年影印。
（八）《紅樓夢脂評校錄》朱一玄輯，齊魯書社一九八六年出版。
（九）《新編石頭記脂硯齋評語輯校》（增訂本），陳慶浩編著，中國友誼出版公司一九八七年出版。
（十）《紅樓夢》，中國藝術研究院紅樓夢研究所校注，人民文學出版社一九九二年出版。
（十一）《脂硯齋評批紅樓夢》，黄霖校點，齊魯書社一九九四年出版。
（十二）《紅樓夢》，曹雪芹著，脂硯齋評，禹克坤校注，同心出版社一九九六年出版。
（十三）《脂硯齋重評石頭記（甲戌校本）》，鄧遂夫校訂，作家出版社二〇〇〇年出版。
（十四）《脂本匯校石頭記》鄭慶山校，作家出版社二〇〇四年出版。
（十五）《脂硯齋重評石頭記（庚辰校本）》，鄧遂夫校訂，作家出版社二〇〇六年出版。

《石頭記》序

吾聞絳樹兩歌，一聲在喉，一聲在鼻；黃華二牘，左腕能楷，右腕能草。神乎技矣！吾未之見也。今則兩歌而不分乎喉鼻，二牘而無區乎左右，一聲也而兩歌，一手也而二牘，此萬萬所不能有之事，不可得之奇，而竟得之《石頭記》一書。嘻！异矣。

夫敷華掞藻，立意遣詞，無一落前人窠臼，此固有目共賞，姑不具論。第觀其蘊于心而抒于手也，注彼而寫此，目送而手揮，似譎而正，似則而淫，如《春秋》之有微詞，史家之多曲筆。上述兩段文字，《紅樓解夢》作者已將其翻譯成現代漢語，載于《紅樓解夢》第一集第三七頁，供讀者參考。

試一一讀而繹之：寫閨房則極其雍肅也，而艷冶已滿紙矣；狀閥閱則極其豐整也，而式微已盈睫矣；寫寶玉之淫而痴也，而多情善悟，不減歷下琅琊；寫黛玉之妒而尖也，而篤愛深憐，不啻桑娥石女。他如摹繪玉釵金屋，刻畫薌澤羅襦，靡靡焉幾令讀者心蕩神怡矣，而欲求其一字一句之粗鄙猥褻，不可得也。蓋聲止一聲，手止一手，而淫佚貞靜，悲戚歡愉，不啻雙管之齊下也。噫！异矣。其殆稗官野史中之盲左、腐遷乎？

然吾謂作者有兩意，讀者當具一心。譬之繪事，石有三面，佳處不過一峰；路看兩蹊，幽處不逾一樹。必得是意，以讀是書，乃能得作者微旨。如捉水月，祇挹清輝；如雨天花，但聞香氣。庶得此書弦外音乎？乃或者以未窺全豹為恨，不知盛衰本是回環，萬緣無非幻泡。作者慧眼婆心，正不必再作轉語，而萬千領悟，便具無數慈航矣。彼沾沾焉刻楮葉以求之者，其與開卷而寤者幾希！上述三段文字，《紅樓解夢》作者將其作了闡釋，載于《紅樓解夢》第三集（下），第六〇九—六一一頁，供讀者參考。

德清戚蓼生曉堂氏

目録（第一册）

第一回至第八回

第一回

甄士隱夢幻識通靈　賈雨村風塵懷閨秀（一）

此開卷第一回也。作者自雲：因曾歷過一番夢幻之後，故將真事隱去，而借『通靈』之說，撰此《石頭記》一書也，故曰『甄士隱』雲雲。但書中所記何事何人？自又雲：『今風塵碌碌，一事無成，忽念及當日所有之女子，一一細考較去，覺其行止見識，皆出于我之上。何我堂堂須眉，誠不若彼裙釵女子？蒙側：何非夢幻？何不通靈？作者托言，原當有自。受氣清濁，本無男女別。實愧則有餘，悔又無益，是大無可如何之日也！當此，則自欲將已往所賴天恩祖德，錦衣紈袴之時，飫甘饜肥之日，背父兄教育之恩，負師友規訓之德，以至今日一技無成，半生潦倒之罪，蒙側：明告看者。編述一集，以告天下人：我之罪固不免，然閨閣中本自歷歷有人，萬不可因我之不肖，自己護短，一并使其泯滅。蒙側：因爲傳他，并可傳我。雖今日之茅椽蓬牖，瓦竈繩床，其晨夕風露，階柳庭花，亦未有妨我之襟懷，束筆閣墨。雖我未學，下筆無文，又何妨用假語村言（二），敷演出一段故事來，亦可使閨閣昭傳，復可悅世之目，破人愁悶，不亦宜乎？』故曰『賈雨村』雲雲。

列位看官，你道此書何來？說起根由，雖近荒唐，細按則深有趣味。甲側：自占地步。自首荒唐，妙！待在下將此來歷注明，方使閱者了然不惑。

原來女媧氏煉石補天之時，甲側：補天濟世，勿認真用常言。于大荒山荒唐也！無稽崖無稽也！煉成高經十二丈、照應十二釵。方經二十四丈照應副十二釵。頑石三萬六千五百零一塊。媧皇氏祇用了三萬六千五百塊。合周天之數。◎蒙側：數足，偏遺我，『不堪入選』句中透出心眼。祇單單的剩了一塊未用，甲側：剩了這一塊，便生出這許多故事。使當日雖不以此補天，就該去補地之坑陷，使地平坦，而不有此一部鬼話。便棄在此山青埂峰下。妙！自謂墜落情根，故無補天之用。誰知此石自經鍛煉之後，靈性已通，鍛煉後性方通。甚哉，人生不能不學也。因見衆石俱得補天，獨自己無材，不堪入選，遂自怨自嘆，日夜悲啼慚愧。

一日，正當嗟悼之際，俄見一僧一道遠遠而來，生得骨格不凡，豐神迥异，這是真像，非幻像也。◎靖眉：作者自己形容。來至石下，席地而坐，長談〔三〕。見一塊鮮明瑩潔美玉，且又縮成扇墜大小的可佩可拿。甲側：奇詭險怪之文，有如髯蘇《石鐘》《赤壁》用幻處。那僧托于掌上，笑道：『形體倒也是個寶物了！甲側：自愧之語。◎蒙側：世上人原自據看得見處爲憑。還祇沒有實在好處，好極！今之金玉其外、敗絮其中者，見此大不歡喜。須得再鐫上數字，使人一見，便知是奇物方妙。甲側：世上原宜假，不宜真也。諺雲：『一日賣了三千假，三日賣不出一個真。』信哉！然後好攜你到隆盛昌明之邦，（甲側：伏長安大都。◎伏長安。）詩禮簪纓之族，（伏榮國府。）花柳繁華之地，（伏大觀園。）溫柔富貴之鄉，（伏紫芸軒。）去安身樂業。』（甲側：何不再添一句雲：『擇個絕世情痴做主人。』◎甲眉：昔子房後謁黃石公，惟見一石。子房當時恨不隨此石去。余亦恨不能隨此石而去也。聊供閱者一笑。）石頭聽了，喜之不盡，乃問道：『不知賜了弟子那幾件奇處，（甲側：可知若果有奇貴之處，自己亦不知者；若自以奇貴而居，究竟是無真奇貴之人。◎靖眉：果有奇貴，自己亦不知。若以奇貴而居，即無真奇貴。）又不知攜了弟子到何地方？望乞明示，使弟子不惑。』那僧笑道：『你且莫問，日後自然明白的。』說着，便袖籠了這石，同那道人飄然而去，竟不知投奔何方何舍。

後來，又不知過了幾世幾劫，因有個空空道人訪道求仙，忽從這大荒山無稽崖青埂峰下經過，忽見一大石上字迹分明，編述歷歷。空空道人乃從頭一看，原來就是無材補天，幻形入世，（八字便是作者一生慚恨。）蒙茫茫大士、渺渺真人攜入紅塵，歷盡離合悲歡、炎涼世態的一段故事。後面又有一首偈雲：

無材可去補蒼天，（甲側：書之本旨。）枉入紅塵若許年。（甲側：慚愧之言，嗚咽如聞。）

此系身前身後事，倩誰記去作奇傳？

詩後便是此石墜落之鄉、投胎之處，親自經歷的一段陳迹故事。其中家庭閨閣瑣事以及閑情詩詞，倒還全備，或可適趣解悶；（甲側：『或』字謙得好。）然朝代年紀，地輿邦國（甲側：若用此套者，胸中必無好文字，手中斷無新筆墨。）卻失落無考。（甲側：據余說，却大有考證。）

◎（蒙側：妙在『無考』。）空空道人遂向石頭說道：『石兄，你這一段故事，據你自己說有些趣味，故編寫在此，意欲問世傳奇。據我看來，第一件，無朝代年紀可考；（甲側：先駁得妙。）第二件，并無大賢大忠，理朝廷、治風俗的善政，（甲側：將世人欲駁之腐言，預先代人駁盡。妙！）其中祇不過幾個异樣女子，或情或痴，或小才微善，亦無班姑、蔡女之德能。我縱抄去，恐世人不愛看呢！』石頭笑曰：『我師何太痴也！若云無朝代可考，今我師竟假借漢、唐等年紀添綴，又有何難？（甲側：所以答的好。）但我想，歷來野史，皆蹈一轍，莫如我不借此套者，反倒新奇別致，不過祇取其事體情理罷了，又何必拘拘于朝代年紀哉！市井俗人喜看理治之書者甚少，愛看適情閑文者特多。歷來野史，或訕謗君相，或貶人妻女，（甲側：先批其大端。）奸淫凶惡，不可勝數。更有一種風月筆墨，其淫污穢臭，荼毒筆墨，壞人子弟，又不可勝數。至若佳人才子等書，則又千部共出一套，且其中終不能不涉于淫濫，以致滿紙潘安、子建，西子、文君，不過作者要寫出自己的那兩首情詩艷賦來，故假擬出男女二名姓，又必旁出一小人其間撥亂，（蒙側：放筆以情趣世人，并評倒多少傳奇。文氣淋灕，字句切實。）亦如劇中之小醜然。且鬟婢開口即者也之乎，非文即理。故逐一看去，悉皆自相矛盾，大不近情理之說。竟不如我半世親睹親聞的這幾個女子，雖不敢說強似前代所有書中之人，但事迹原委，亦可以消愁破悶；也有幾首歪詩熟詞，可以噴飯供酒。至若離合悲歡，興衰際遇，則又追踪躡迹，不敢稍加穿鑿，徒為哄人之目而反失其真傳者。甲眉：事則實事，然亦叙得有間架，有曲折，有順逆，有映帶，有隱有見，有正有閏，以至草蛇灰綫、空谷傳聲、一擊兩鳴、明修棧道、暗度陳倉、雲龍霧雨、兩山對峙、烘雲托月、背面傅（原作傳）粉、千皴萬染諸奇。書中之秘法，亦復不（原作不復）少。余亦于（原作幹）逐回中搜剔刳剖，明白注釋，以待高明，再批示誤謬。 今之人，貧者日為衣食所累，富者又懷不足之心，縱一時稍閑，又有貪淫戀色、好貨尋愁之事，那裏有工夫去看那理治之書？所以我這一段事，也不願世人稱奇道妙，也不要世人喜悅檢讀，甲側：轉得更好。◎甲眉：開卷一篇立意，真打破歷來小說窠臼。閱其筆，則是《莊子》《離騷》之亞。斯亦太過。祇願他們當那醉飽淫卧之時，或避世去愁之際，把此一玩，豈不省了些壽命筋力？就比那謀虛逐妄，卻也省了口舌是非之害，腿腳奔忙之苦。再者，亦令世人換新眼目，不比那些胡牽亂扯，忽離忽遇，滿紙才人、淑女、子建、文君、紅娘、小玉等通共熟套之舊稿。我師以為何如？』甲側：余代空空道人答曰：『不獨破愁醒盹，且有大益。』

空空道人聽了此語，思忖半晌，將這《石頭記》本名。再細閱一遍，甲側：這空空道人也太小心了，想亦世之一腐儒耳！ 因見上面雖有指奸責佞，貶惡誅邪之語，甲側：亦斷不可少。亦非傷時〔四〕罵世之旨；甲側：要緊句。及至君仁臣良，父慈子孝，凡倫常所關之處，皆是稱功頌德，眷眷無窮，實非別書可比。雖其中大旨談情，亦不過實錄其事，又非假擬妄稱，甲側：要緊句。一味淫邀艷約、私訂〔五〕偷盟之可比。因毫不幹涉時世，甲側：要緊句。方從頭至尾抄錄回來，問世傳奇。因空見色，由色生情，傳情入色，自色悟空，遂易名為情僧，改《石頭記》為《情僧錄》〔六〕。東魯孔梅溪則題曰《風月寶鑒》。甲眉：雪芹舊有《風月寶鑑》之書，乃其弟棠村序也。今棠村已逝，余睹新懷舊，故仍因之。後因曹雪芹于悼紅軒中披閱十載，增刪五次，甲眉：若雲雪芹『披閱』『增刪』，然則（原作後）開卷至此這一篇《楔子》又系誰撰？足見作者之筆，狡猾之甚。後文如此處者不少。這正是作者用畫家『烟雲模糊法（原無）』處。觀者萬不可被作者瞞蔽（原作弊）了去，方是巨眼。纂成目錄，分出章回，則題曰《金陵十二釵》〔七〕。并題一絕雲：

滿紙荒唐言，一把辛酸泪！
都雲作者痴，誰解其中味？此是第一首標題詩。◎甲眉：能解者，方有辛酸之泪哭成此書。壬午除夕，書未成，芹爲泪盡而逝。余嘗哭芹，泪亦待盡。每意覓青埂峰，再問石兄，奈不遇癩（原作獺）頭和尚何？悵悵！今而後，惟願造化主再出一芹一脂，是書何幸（原作本）！◎甲：余二人亦大快遂心于九泉矣！□□甲午八月泪筆。

出則既明，且看石上是何故事。按那石上書雲：以下系石上所記之文。

當日地陷東南，這東南一隅，有處曰姑蘇，是金陵。有城曰閶門，最是紅塵中一二等富貴風流之地，甲側：妙極！是石頭口氣。惜米顛不遇此石！◎妙極！是石頭口氣。這閶門外有個十裏街，開口先云勢利，是伏甄、封二姓之事。街內有個仁清巷，又言人情，總爲士隱火後伏筆。巷內有個古廟，因地方窄狹，甲側：世路寬平者甚少。亦鑿！◎世路寬平者最少。皆呼作葫蘆廟。蒙側：畫（原作盡）的雖不依樣，却是葫蘆。◎糊塗也，故假語從此興也。廟旁住着一家鄉宦，甲側：不出榮國大族，先寫鄉宦小家，從小至大，是此書章法。姓甄，甲眉：真。後之甄寶玉亦借此音。後不注。◎真假之甄寶玉亦借此音。後不注。名費，廢。字士隱。托言將真事隱去也。嫡妻封氏，風，因風俗來。情性賢淑，深明禮義。甲側：八字正是寫日後之香菱，見其根源不凡。家中雖不甚富貴，然本地便也推他為望族了。甲側：本地推爲望族，寧、榮則天下推爲望族。叙事有層落。因這甄士隱禀性恬淡，不以功名為念，甲側：自是羲皇上人，便可作是書之朝代年紀矣。總寫香菱根基，原與正十二叙無异。◎蒙側：伏筆。每日衹以觀花修竹，酌酒吟詩為樂，倒是神仙一流人品。衹是一件不足，如今年已半百，膝下無兒，所謂美中不足也。衹有一女，乳名英蓮，甲戌：設云『應憐』也。◎設云『應憐』也。年方三歲。

一日，炎夏永晝，熱日無多。士隱于書房中閑坐，至手倦抛書，伏幾少憩，不覺朦朧睡去。夢至一處，不知是何地。忽見那厢來了一僧一道，是從青埂峰下袖石而來，接得無痕。且行且談。衹聽道人問道：『你攜了這蠢物，意欲何往？』那僧笑道：『你放心，如今現有一段風流公案，正該結了，這一幹風流冤家，尚未投胎入世。趁此機會，就將此蠢物夾帶于中，使他去經歷。』那道人道：『原來近日風流冤孽，又將造劫歷世去不成？蒙側：苦惱是造劫歷世，又不能不造劫歷世。悲夫！但不知落于何方何處？』那僧笑道：『此事說來好笑，竟是千古未聞的罕事。衹因西方靈河岸上三生石畔，甲眉：全用幻。情之至，莫如此。今采來壓卷，其後可知。◎妙！所謂『三生石上舊精魂』也。全用幻。有絳珠草一株，點『紅』字。細思『絳珠』二字，豈非血泪乎？時有赤瑕宮按『瑕』字本注：『玉，小赤也。又，玉有病者。』以此命名恰極！點『紅』字二。神瑛使者，點『玉』字二。日以甘露灌溉，這絳珠草始得久延歲月。後來既受天地精華，復得雨露滋養，遂得脱卻草胎木質，得換人形，僅修成個女體，甲眉：以頑石草木爲偶，實歷盡風月波瀾，嘗遍情緣滋味，至無可如何，始結此木石因果，以泄胸中悒鬱。古人之『一花一石如有意，不語不笑能留人』，此之謂耶？◎蒙側：點題處，清雅。終日游于離恨天外，饑則食蜜青果為膳，渴則飲灌愁海水為湯。甲側：飲食之名奇甚，出身履歷更奇甚，寫黛玉來歷自與別個不同。祇因尚未酬報灌溉之德，故其在五内便鬱結成一段纏綿不舒之意甲側：妙極！恩怨不清，西方尚如此，況世之人乎？趣甚，警甚！◎蒙側：點題處。清雅！近日，這神瑛使者凡心偶熾，甲側：總悔輕舉妄動之意。乘此昌明太平朝世，意欲下凡，造歷幻緣，點『幻』字。已在警幻仙子案前挂了號。甲側：又出一『警幻』，皆大關鍵處。警幻亦曾問及：「灌溉之情未償，趁此倒可了結的？」那絳珠仙子道：「他是甘露之惠，我并無此（八）水可還。他既下世為人，我也去下世為人，但把我一生所有的眼泪還他，也償還的過他了。」甲側：觀者至此，請掩卷思想：歷來小説，可曾有此句千古未聞之奇文？◎甲眉：知眼泪還債，大都作者一人耳。余亦知此意，但不能説得出。◎蒙側：恩情山海債，惟有泪堪還。因此一事，就勾出多少風流冤家來，甲側：余不及一人者，蓋全部之主惟二玉二人也。陪他們去了結此案。』那道人道：『果真是罕聞。實未聞有還泪之説。蒙側：作想得奇！想來這一段故事，比歷來風月故事更為瑣碎細膩了。』那僧道：『歷來幾個風流人物，不過傳其大概以及詩詞篇章而已；至家庭閨閣中一飲一食，總未述記。再者，大半風月故事，不過偷香竊玉，暗約私奔而已，并不曾將兒女之真情發泄一二。（蒙側：所以別致。）想這一幹人入世〔九〕，其情痴色鬼、賢愚不肖者，悉與前人傳述不同矣。』那道人道：『趁此何不你我也去世上度脫幾個，（蒙側：度脫。請問是幻不是幻？）豈不是一場功德？』那僧道：『正合吾意。你且同我到警幻仙子宮中，將這蠢物交割清楚，等〔十〕這一幹風流孽鬼下世已完，你我再去。（蒙側：幻中幻，何不可幻？情中情，誰又無情？不覺僧道亦入幻中矣。）如今雖已有一半落塵，然猶未全集。』（甲側：若從頭逐個寫去，成何文字？《石頭記》得力處在此。□□丁亥春。）道人道：『既如此，便隨你去來。』

卻說甄士隱俱聽得明白，但不知所雲『蠢物』系何東西。遂不禁上前施禮，笑問道：『二仙師請了。』那僧道也忙答禮相問。士隱因說道：『適聞仙師所談因果，實人世罕聞者。但弟子愚濁，不能洞悉明白，若蒙大開痴頑，備細一聞，弟子則洗耳諦聽，稍能警省，亦可免沉淪之苦。』二仙笑道：『此乃天機不可預泄者。到那時祇不要忘了我二人，可便跳出火坑矣。』士隱聽了，不便再問。因笑道：『天機不可預泄，但適雲「蠢物」，不知為何，或可一見否？』那僧道：『若問此物，倒有一面之緣。』說着，取出遞與士隱。士隱接了看時，原來〔十一〕是塊美玉，上面字迹分明，鐫着『通靈寶玉』四字，（甲側：凡三四次，始出明玉形，隱曲（原作屈）之至！）後面還有幾行小字。正欲看時，那僧便說：『已到幻境！』（蒙側：幻中言幻，何等法門。）◎（又點『幻』字，雲書已入幻境矣。）便強從手中奪了去，與道人竟過一大石牌坊，上書四字，乃是『太虛幻境』。（甲側：四字可思。）兩邊又有一副對聯，道是：（無極太極之輪轉，色空之相生，四季之隨行，皆不過如此。）

假作真時真亦假　無爲有處有還無（甲：疊用『真』『假』『有』『無』字，妙！）

士隱意欲也跟了過去，方舉步時，忽聽一聲霹靂，有若山崩地陷。士隱大叫一聲，定睛一看，（蒙側：真是大警覺，大轉身。）祇見烈日炎炎，芭蕉冉冉，（醒得無痕，不落舊套。）夢中之事便忘了對半。（甲側：妙極！若記得，便是俗筆了。）又見奶母正抱了英蓮來，士隱見女兒越發生得粉妝玉琢，乖覺可喜，便伸手來抱在懷中，逗他玩耍一會，又帶至街前，看那過會的熱鬧。方欲進來時，祇見從那邊來一僧一道：（甲側：所謂『萬境都如夢境看』也。）那僧則癩頭跣足，那道則跛足蓬頭，（此是幻象。）瘋瘋癲癲，揮霍談笑而至。及到了他門前，（甲側：此門是幻像。）看見士隱抱着英蓮，那僧便大哭起來，（甲側：奇怪！所謂情僧也。）又向士隱道：『施主！你把這有命無運，累及爹娘（甲眉：八個字屈死多少英雄！屈死多少忠臣孝子！屈死多少仁人志士！屈死多少詞客騷人！今又被作者將此一把眼泪，灑與閨閣之中，見得裙釵尚遭逢此數，況天下之男子乎！看他所寫開卷之第一個女子，便用此二語以訂終身，則知托言寓意之旨。誰謂獨寄興于一『情』字耶？武侯之三分，武穆之二帝，二賢之恨，及今不盡，況今之草芥乎！家國君父，事有大小之殊，其理其運其數，則略無差异。知運知數者，則必諒而後嘆也！）之物，抱在懷中作甚？』士隱聽了，知是瘋話，也不去睬他。那僧還說：『捨我罷，捨我罷！』士隱不耐煩，便抱女兒要進去，（蒙側：如果捨出，則不成幻境矣。行文至此，又不得不有此一語。）那僧指着他大笑，口念了四句言詞道：

慣養嬌生笑你痴，甲側：爲天下父母痴心一哭！菱花甲側：生不遇時。空對雪澌澌。甲側：遇又非偶。

好防佳節元宵後，甲側：前後一樣，不直雲前而雲後，是諱知者。便是烟消火滅時。甲側：伏後文。

士隱聽得明白，心下猶豫，意欲問他來歷。衹聽得道人說道：『你我不必同行，就此分手，各幹營生去罷。三劫後，甲眉：佛以世謂劫。凡三十年爲一世，三劫者，想以九十春光寓言也。我在北邙山等你，會齊了，同往太虛幻境銷號。』那僧道：『妙極，妙極！』說畢，二人一去，再不見個踪迹。士隱心中，此時自忖：『這兩個人必有來歷，該試一問，如今悔卻晚也。』

這士隱正痴想，忽見隔壁〔十二〕甲側：『隔壁』二字極細極險，記清！葫蘆廟内，寄居一窮儒：姓賈名化，假話也。字時飛，實非也。別號雨村者，雨村者，村言粗語也。言以粗村之言，演出一段假話。走了出來。這賈雨村原系湖州甲側：胡謅也。人氏，原是詩書仕宦之族，因他生于末世，甲側：又寫一末世男子。父母祖宗根基已盡〔十三〕，人口衰微，衹剩得他一身一口，在家鄉無益，蒙側：形容落魄（原作破）詩書子弟。逼真！因進京求取功名，再整基業。自前歲來此，又淹蹇住了，暫在廟中安身，每日賣字作文為生，故士隱常與他交接。甲側：又夾寫士隱實是翰林文苑，非守錢虜也，直灌入『慕雅女雅集苦吟詩』一回。◎蒙側：廟中安身，賣字爲生，想是過午不食的了？當下雨村見了士隱，忙施禮賠笑道：『老先生倚門佇望，敢是〔十四〕街市上有甚新聞否？』士隱笑道：『非也。適因小女啼哭，引他出來作耍，正是無聊之甚。兄來得正妙，請入小齋一談，彼此皆可消此永晝。』說着，便令人送女進去，自攜了雨村，來至書房中。小童獻茶。方談得三五句話，忽家人飛報：『嚴老爺來拜。』炎也。炎既來，火將至矣。士隱慌的忙起身謝罪道：『恕誑駕之罪！略坐，弟即來陪。』雨村忙起身，亦讓道：『老先生請便。晚生乃常造之客，稍候何妨。』蒙側：世態人情，如聞其聲。說着，士隱已出前庭去了。

這裏雨村且翻弄書籍解悶。忽聽窗外有女子嗽聲，雨村遂起身往窗外一看，原來是一個丫鬟，在那裏擷花，生得儀容不俗，眉目清朗，甲側：八字足矣。◎甲眉：更好。這便是真正情理之文。可笑近之小說中，滿紙『羞花閉月』等字。這是雨村目中，又不與後之人相似。雖無十分姿色，卻亦有動人之處。雨村不覺看得呆了。古今窮酸，色心最重。那甄家丫鬟擷了花，方欲走時，猛抬頭見窗內有人，敝巾舊服，雖是貧窘，然生得腰寬背厚，面闊口方，更兼劍眉星眼，直鼻權腮。甲側：是莽、曹遺容。◎甲眉：最可笑世之小說中，凡寫奸人，則用『鼠耳鷹腮』等語。這丫鬟忙轉身回避，心下乃想：『這人生得這樣雄壯，卻又這樣襤褸，想他定是我家主人常說的什麼賈雨村了，每有意幫助周濟，衹是無甚機會。我家并無這樣貧窘親友，想定是此人無疑了。怪道又說他必非久困之人。』如此想，不免又回頭兩次。甲眉：這方是女兒心中意中正文。又最恨近之小說中滿紙紅拂、紫烟。◎蒙側：如此忖度，豈得爲無情？雨村見他回頭，便自為這女子心中有意于他，甲側：今古窮酸，皆會替女婦心中取中自己。◎蒙側：在此處已把種點出。便狂喜不禁，自為此女子必是個巨眼英豪，風塵中之知己也。一時小童進來，聽得前面留飯，不可久待，遂從夾道中自便出門去了。士隱待客既散，知雨村自便，也不去再邀了。

一日，早又中秋佳節。士隱家宴已畢，乃具一席于書房，卻自己步月至廟中，來邀雨村。甲側：寫士隱愛才好客。 雨村自那日見了甄家之婢曾回頭顧他兩次，自為是個知己，便時刻放在心上。蒙側：也是不得不留心。不獨因好色，多半感知音。 今又值中秋，不免對月有懷，因而口占五言一律云：甲側：這是第一首詩。後文『香奩』『閨情』皆不落空。余謂雪芹撰此書中，亦有（原作爲）傳詩之意。

未卜三生願，頻添一段愁。
悶來時斂額，行去幾回頭。
自顧風前影，誰堪月下儔？
蟾光如有意，先上玉人樓。

雨村吟罷，因又思及平生抱負，苦未逢時，乃又搔首對天長嘆，後高吟一聯云：

玉在匵中求善價　釵于奩内待時飛（甲側：表過黛玉則緊接上寶釵。前用二玉合傳，後用二寶合傳，自是書中正眼。◎蒙側：偏有些脂氣。）

恰值士隱走來聽見，笑道：『雨村兄真抱負不淺也！』雨村忙笑道：『豈敢！不過偶吟前人之句，何敢狂誕至此。』因問：『老先生何興？』士隱笑道：『今夜中秋，俗謂「團圓之節」，想尊兄旅寄僧房，不無寂寥之感，故特具小酌，邀兄到敝齋一飲，不知可納芹意否？雨村聽了并不推辭，（蒙側：『不推辭』，語便不入俗（原作估）套。）便笑道『既蒙謬愛，何敢拂此盛意。』（甲側：寫雨村豁達，氣象不俗。）說着，便同士隱過這邊書院中來。

須臾茶畢，早已設下杯盤，那美酒佳肴自不必說。二人歸坐，先是款斟慢飲，漸次談至興濃，不覺飛觥限斝起來。當時街坊上家家簫管，戶戶弦〔十五〕歌，當頭一輪明月，飛彩凝輝，二人愈覺豪興，酒到杯幹。雨村此時已有七八分酒意，狂興不禁，乃對月當杯，口占一絕雲：（甲眉：這首詩非本旨，不過欲出雨村，不得不有者。用中秋詩起，用中秋詩收，又用起詩社于秋日。所嘆者，三春也，却用三秋作關鍵。）

時逢三五便團圓，（甲側：是將發之機。）滿把晴光護玉欄。（甲側：奸雄心事，不覺露出。）

天上一輪才捧出，人間萬姓仰頭看。

士隱聽了，大叫：『妙哉！吾每謂兄必非久居人下者，今所吟之句，飛騰之兆已見，不日可得接步履于雲霓之上矣。可賀，可賀！』蒙側：伏筆。作巨眼語，妙！乃親斟一鬥為賀。甲側：這個『鬥』字，莫作『升鬥』之鬥看。可笑！（此條被後人劃去，朱筆旁注：『此語批得謬』。）雨村因幹過，嘆道：『非晚生酒後狂言。若論時尚之學，甲側：四字新而含蓄最廣。若必指明，則又落套矣。晚生也或可去充數沽名，衹是目今行囊路費一概無措，神京路遠，非賴賣字撰文即能到者。』士隱不待說完，便道：『兄何不早言。愚每有此心，但每遇兄時，并未談及，愚故未敢唐突。今既及此，愚雖不才，「義利」二字卻還識得。蒙側：『義利』二字，時人故自不識。且喜明歲大比，兄宜作速入都，春闈一戰，方不負兄之所學也。其盤費餘事，弟自代為處置，亦不枉兄之謬識矣！』當下即命小童進去，速封五十兩白銀，并兩套冬衣。甲側：寫士隱如此豪爽，又全無一些粘皮帶骨之氣相，愧殺近之讀書假道學矣。又雲：『十九日乃黃道之期，兄可即買舟西上，待雄飛高舉，明冬再晤，豈非大快之事耶！』雨村收了銀、衣，不過略謝一語，并不介意，仍是吃酒談笑。甲側：寫雨村真是個英雄。◎蒙側：托大處。既（原作即）遇此等人，又不得太瑣（原作索）細。那天已交三鼓，二人方散。

士隱送雨村去後，回房一覺，直至紅日三竿方醒。甲側：是宿酒。因思昨夜之事，意欲再寫兩封書，與雨村帶至神都，使雨村投謁個仕宦之家為寄足之地。甲側：又周到如此。因使人過去請時，那家人去了回來言：『和尚說，賈爺今日五鼓已進京去了，也曾留下話與和尚轉達老爺，說：「讀書人不在黃道黑道，總以事理為要，不及面辭了。」』甲側：寫雨村真令人爽快。士隱聽了，也衹得罷了。

真是閑處光陰易過，倏忽又是元宵佳節矣。因士隱命家人霍啟妙！禍起也。此因事命名。抱了英蓮去看社火花燈。半夜中，霍啟因要小解，便將英蓮放在一家門檻上坐着。待他小解完了來抱時，那有英蓮的踪影？急得霍啟直尋了半夜，至天明不見，那霍啟也就不敢回來見主人，便逃往他鄉去了。那士隱夫婦見女兒一夜不歸，便知有些不妥，再使幾人去尋找，回來皆雲音信全無。夫婦二人，半世衹生此女，一旦失落，豈不思想？因此晝夜啼哭，幾乎不曾尋死。甲眉：喝醒天下父母之痴心。◎蒙側：天下作子弟的，看了想去。看看一月，士隱先就得了一病；當時封氏也因思女構疾，日日請醫調治。

不想這一日三月十五日，葫蘆廟炸供，那些和尚不加小心，甲眉：寫出南直召禍之實病。致使油鍋火逸，便燒着窗紙。此方人家，多用竹壁，甲側：土俗人風。◎蒙側：交待（原作「竹」）滑溜婉轉。大抵也因劫數，于是接二連三，牽五挂六，將一條街燒得如火焰山一般。彼時雖有軍民來救，那火已成了勢，如何救得下！直燒了一夜，方漸漸的熄去，也不知燒了幾家。衹可憐甄家〔十六〕在隔壁，早已燒成一片瓦礫場了。衹有他夫婦并幾個家人的性命不曾傷了。急得士隱惟跌足長嘆而已。衹得與妻子商議，且將就到田莊上去安身。偏值近年水旱不收，鼠盜蜂起，無非搶田奪地，民不安生，因此官兵剿捕，難以安身。士隱衹得將田莊都質變，攜妻子與兩個丫鬟，投他岳丈家去。

他岳丈名封肅，風俗。本貫大如州人氏。托言『大概如是之風俗』也。雖是務農，家中都還殷實。今見女兒、女婿這等狼狽而來，心中便有些不樂。甲側：所以大概之人情如是，風俗如是也。◎蒙側：大都不過如此。幸而士隱還有質變地的銀子未曾用完，拿出來托他隨分就價，置些許房地，為後日衣食之計。蒙側：若非『幸而』，則有不留之意。那封肅便半哄賺些許，與他些薄田朽屋。士隱乃讀書之人，不慣生理稼穡等事，勉強支持了一二年，越覺窮了下去。封肅每見面時，說些現成話，且人前人後又怨他們不善過活，一味好吃懶作等語。甲側：此等人何多之極！士隱知投人不着，心中未免悔恨，再兼上年驚唬，急忿怨痛，已有積傷，暮年之人，貧病交攻，漸漸的露出那下世光景來。

可巧這日拄了拐，掙挫到街上散散心時，蒙側：幾幾乎。世人則不能止于幾幾乎，可悲！忽見那邊來了一個跛足道人，瘋狂落脫，麻屣鶉衣，口內念着幾句言詞，道：

世人都曉神仙好，惟有功名忘不了！
古今將相在何方？荒冢一堆草沒了。

世人都曉神仙好，祇有金銀忘不了！
終朝祇恨聚無多，及到多時眼閉了。
世人都說神仙好，祇有姣妻忘不了！
君生日日說恩情，君死又隨人去了。
世人都說神仙好，惟有兒孫忘不了！
痴心父母古來多，孝順兒孫誰見了？

士隱聽了，便迎上來道：『你說些什麼？祇聽見些「好」「了」，「好」「了」。』那道人道：『你若果聽見「好」「了」二字，還算明白。可知世人萬般好，便是了，了便是好。若不了，便不好；若要好，須是了。我這歌兒，便名《好了歌》。』士隱本是有宿慧的，一聞此言，心中早已徹悟。因笑道：『且住！待我將你這〔十七〕《好了歌》解注出來何如？』道人笑道：『你解，你解！』士隱乃說道：要寫情，要寫幻境，偏先寫出一篇奇人奇境來。

陋室空堂，當年笏滿床；甲側：寧、榮未敗（原作有）之先。衰草枯楊，曾爲歌舞場。甲側：寧、榮既敗之後。蛛絲兒結滿雕梁，甲側：瀟湘館、絳芸軒等處。綠紗兒今又糊在篷窗上，甲側：雨村等一幹新榮暴發之家。◎甲眉：先說場面，忽新忽敗，忽麗忽朽，已見得反復不了。說什麼脂正濃、粉正香，甲側：寶釵、湘雲一幹人。如何兩鬢又成霜？甲側：黛玉、晴雯一幹人。昨日黃土隴頭送白骨，今宵紅燈帳底卧鴛鴦。甲側：熙鳳一幹人。◎甲眉：一段妻妾迎新送死，倏恩倏愛，倏痛倏悲，纏綿不了。金滿箱，銀滿箱，轉眼乞丐人皆謗。甲側：甄玉、賈玉一幹人。正嘆他人命不長，那知自己歸來喪！甲眉：一段石火光陰，悲喜不了；風露草霜，富貴嗜欲，貪婪不了。訓有方，保不定日後〔十八〕作强梁。甲側：言父母死後之日。柳湘蓮一幹人。擇膏粱，誰承望流落在烟花巷！甲眉：一段兒女死後無憑，生前空爲籌畫計算，痴心不了。因嫌紗帽小，致使鎖枷扛；甲側：賈赦、雨村一幹人。◎甲眉：一段功名升黜無時，强奪苦争，喜懼不了。昨憐破襖寒，今嫌紫袍長。甲側：賈蘭、賈菌一幹人。亂烘烘，你方唱罷我登場，甲側：總收。◎甲眉：總收古今億兆痴人，共歷幻場。此幻事擾擾紛紛，無日可了。反認他鄉是故鄉。甲側：太虛幻境、青埂峰一并結住。甚荒唐，到頭來都是爲他人作嫁〔十九〕衣裳。甲側：語雖舊句，用于此妥極，是極！苟能如此，便能了得。◎甲眉：此等歌謡，原不宜太雅，恐其不能通俗，故祇此便妙極。其説得痛切處，又非一味俗語可到。◎誰不解得世事如此。有龍象力者方能放得下。

那瘋跛道人聽了，拍掌笑道：『解得切，解得切！』士隱便説一聲『走罷！〔二十〕』甲側：如聞如見。◎甲眉：『走罷』二字真懸崖撒手，若個能行？◎蒙側：一轉念間登彼岸。◎靖眉：『走罷』二字如聞如見，真懸崖撒手，非過來人，若個能行？將道人肩上褡褳搶了過來背着，竟不知回家，同了道人飄飄而去。當下烘動街坊，衆人當作一件新聞〔二一〕傳説。

封氏聞得此信，哭個〔二二〕死去活來，祇得與父親商議，遣人各處訪尋，那知音信全無。無奈何，少不得依着他父母度日。幸而身邊還有兩個舊日的丫鬟伏侍。主僕三人，日夜作些針綫發賣，幫着父親過活。那封肅雖然日日抱怨，然也無可如何了。

這日，甄家大丫頭在門前買綫，忽聽街上喝道之聲，衆人都說新太爺到任。丫鬟于是隱在門內看時，衹見軍牢快手，一對一對的過去，俄而大轎內抬着一個烏紗猩袍的官府過去。（甲側：雨村別來無恙否？可賀，可賀！◎甲眉：所謂『亂烘烘，你方唱罷我登場』是也。）丫鬟倒發了怔，自忖這官好面善，倒像在那裏會過的。（蒙側：起初到底有心乎？無心乎？）于是進入房中，也就丟過不在心上。（甲側：是無兒女之情，故有夫人之份。）至晚間，正待歇時，忽聽一片聲打的門響，許多人亂嚷，說：『本府太爺的差人來傳人問話。』（蒙側：不忘情的，先寫出頭一位來了。）封肅聽了，唬得目瞪口呆，不知有何禍事。且聽下回分解。

總評

出口神奇，幻中不幻；文勢跳躍，情裏生情。借幻說法，而幻中更自多情；因情捉筆，而情裏偏成痴幻。試問君家識得否，色空空色兩無幹。

校記

〔一〕甲戌本在此回之前有一個〔凡例〕：

《紅樓夢》旨義。是書題名極多，一曰《紅樓夢》，是總其全部之名也；又曰《風月寶鑒》，是戒妄動風月之情；又曰《石頭記》，是自譬石頭所記之事也。此三名，皆書中曾已點睛矣。如寶玉作夢，夢中有曲，名曰《紅樓夢》十二支，此則《紅樓夢》之點睛。又如賈瑞病，跛道人持一鏡來，上面即鏨『風月寶鑒』四字，此則《風月寶鑒》之點睛。又如道人親眼見石上大書一篇故事，則系石頭所記之往來，此則《石頭記》之點睛處。

然此書又名曰《金陵十二釵》，審其名，則必系金陵十二女子也。然通部細搜撿去，上中下女子豈止十二人哉！若雲其中自有十二個，則又未嘗指明白系某某。及至『紅樓夢』一回中，亦曾翻出金陵十二釵之簿籍，又有十二支曲可考。

書中凡寫『長安』，在文人筆墨之間，則從古之稱；凡愚夫婦兒女子家常口角，則曰『中京』，是不欲着迹于方向也。蓋天子之邦，亦當以中爲尊，特避其『東』『南』『西』『北』四字樣也。

此書祇是着意于閨中。故叙閨中之事切，略涉于外事者則簡，不得謂其不均也。

此書不敢幹涉朝廷。凡有不得不用朝政者，祇略用一筆帶出，蓋實不敢以寫兒女之筆墨，唐突朝廷之上也。又不得謂其不備。

此書開卷第一回也。作者自雲：『因曾歷過一番夢幻之後，故將真事隱去，而撰此《石頭記》一書也。』故曰『甄士隱夢幻識通靈』。但書中所記何事？又因何而撰是書哉？自雲：『今風塵碌碌，一事無成。忽念及當日所有之女子，一一細推了去，覺其行止見識皆出于我之上。何堂堂之須眉，誠不若彼一幹裙釵？實愧則有餘、悔則無益之大無可奈何之日也！當此時，則自欲將已往所賴——上賴天恩，下承祖德，錦衣紈袴之時，飫甘饜美之日，背父母教育之恩，負師兄規訓之德，以至今日一事無成、半生潦倒之罪，編述一記，以告普天下人。雖我之罪固不能免，然閨閣中本自歷歷有人，萬不可因我不肖，則一并使其泯滅也。雖今日之茅椽蓬牖，瓦竈繩床，其風晨月夕，階柳庭花，亦未有傷于我之襟懷筆墨者；何爲不用假語村言，敷演出一段故事來，以悅人之耳目哉？』故曰『風塵懷閨秀』，乃是第一回提綱正義也。

開卷即雲『風塵懷閨秀』，則知作者本意，原爲記述當日閨友閨情，并非怨世罵時之書矣。雖一時有涉于世態，然亦不得不叙者，但非其本旨耳。閱者切記之。

詩曰：

浮生着甚苦奔忙，盛席華筵終散場。
悲喜千般同幻渺，古今一夢盡荒唐。
謾言紅袖啼痕重，更有情痴抱恨長。
字字看來皆是血，十年辛苦不尋常！

〔二〕『假語村言』四字，原文爲『俚語村言』，據庚辰本改。

〔三〕甲戌本無『來至石下，席地而坐，長談』一句，而爲如下一段：

說說笑笑來至峰下，坐于石邊，高談快論。先是說些雲山霧海、神仙玄幻之事，後便說到紅塵中榮華富貴。此石聽了，不覺打動凡心，也想要到人間去享一享這榮華富貴；但自恨粗蠢，不得已，便口吐人言，側批：竟有人問：『口生于何處？其無心肝，可笑可恨之極！』向那僧道說道：『大師！弟子蠢物，側批：豈敢，豈敢！不能見禮了。適聞二位談那人世間榮耀繁華，心切慕之。弟子質雖粗蠢，側批：豈敢，豈敢！性却稍通。況見二師仙形道體，定非凡品，必有補天濟世之材，利物濟人之德。如蒙發一點慈心，携帶弟子得入紅塵，在那富貴場中、温柔鄉裏受享幾年，自當永佩洪恩，萬劫不忘也。』二仙師聽畢，齊憨笑道：『善哉，善哉！那紅塵中有却有些樂事，但不能永遠依恃；況又有「美中不足，好事多魔」八個字緊相連屬；瞬息間則又樂極悲生，人非物換。究竟是到頭一夢，萬境歸空。』側批：四句乃一部書（原無）之總綱。倒不如不去的好。這石凡心已熾，那裏聽得進這話去，乃復苦求再四。二仙知不可强制，乃嘆道：『此亦静極思動，無中生有之數也！既如此，我們便携你去受享受享，祇是到不得意時，切莫後悔。』石道：『自然，自然。』那僧又道：『若說你性靈，却又如此質蠢，并更無奇貴之處。如此，也祇好踮脚而已。側批：鍛煉過，尚與人踮脚；不學者又當如何？也罷，我如今大施佛法助你一助，待劫終之日，復還本質，以了此案。側批：妙！佛法亦須償還，況世人之債『原作償』乎？近之賴債者來看此句，所謂游戲筆墨也。你道好否？』石頭聽了，感謝不盡。那僧便念咒書符，大展幻術，側批：明點『幻』字。好！將一塊大石登時變成一塊鮮明瑩潔的美玉，且又縮成扇墜大小的可佩可拿……

〔四〕原文無『傷時』二字，據庚辰本補。

〔五〕此處的『私訂』二字，原文爲『私討』，據甲戌本改。

〔六〕此處甲戌本有『至吴玉峰，題曰《紅樓夢》』一句。又，此句自庚辰本以後，各鈔本均删去。

〔七〕甲戌本此處有如下一句正文：『至脂硯齋甲戌抄閱再評，仍用《石頭記》。』

〔八〕原文無『此』字，據庚辰本補。

〔九〕此處的『入世』二字，原文爲『入去』，據蒙府本改。

〔十〕原文無『等』字，據蒙府本補。

〔十一〕原文無『來』字，據蒙府本補。

〔十二〕原文無『隔壁』二字，據庚辰本補。

〔十三〕此處的『已盡』二字，原文爲『一盡』，據庚辰本改。

〔十四〕原文無『是』字，據己卯本補。

〔十五〕此處的『弦』字，原文寫作『弦』，爲諱外祖父玄燁（康熙之名）而少寫一筆。

〔十六〕此處的『家』字，原文爲『氏』，據庚辰本改。
〔十七〕原文無『這』字，據庚辰本補。
〔十八〕此處的『日後』二字，原文爲『後日』，據庚辰本改。
〔十九〕此處的『作嫁』二字，原文爲『作了』，據蒙府本改。
〔二十〕此處的『走罷』二字，原文爲『罷』，據甲戌本改。
〔二一〕此處的『新聞』二字，原文爲『新文』，據庚辰本改。
〔二二〕此處的『哭個』二字，原文爲『哭了』，據庚辰本改。

第二回

賈夫人仙逝揚州城 冷子興演説榮國府

【回前】以百回之大文，先以此回作兩大筆以冒之，誠是大觀。世態人情盡盤旋于其間，而一絲不亂。非具龍象力者，其孰能哉！

【回前】（一）此回亦非正文本旨，祇在冷子興一人，即『冷中出熱，無中生有』也。其演説榮國府一篇者，蓋因族大人多，若從作者筆下一一叙出，盡一二回不能得明，則成何文字？故借用冷子興（原無）一人，略出其文，半使閱者心中，已有一榮府隱隱在心，然後用黛玉、寶釵等兩三次皴染，則耀然于心中、眼中矣。此即畫家三染法也。

未寫榮府正人，先寫外戚，是由遠及近，由小至大也。若使先叙出榮府，然後一一叙及外戚，又一一至朋友、至奴僕，其死板拮據之筆，豈作十二釵人手中之物也？今先寫外戚者，正是寫榮國一府也。故又怕閑文（原作問反）贅累，開筆即寫賈夫人一死，使黛玉入榮府之速也。

通靈寶玉于士隱夢中一出，今又于子興口中一出，閱者已豁然矣。然後于黛玉、寶釵二人目中極精細一描，則是文章鎖合處。蓋不肯一筆直下，有若放閘之水、燃信之爆，使其精華一泄而無餘也。究竟此玉原應出自釵、黛目中，方有照應。今預從子興口中說出，實雖寫而却未寫。觀其後文，可知此一回則是虛敲旁擊之文，則是反逆隱曲之筆。

詩云：甲：祇此一詩便妙極！此等才情，自是雪芹平生所長，余自謂評書，非關評詩也。

一局輸贏料不真，香銷茶盡尚逡巡。

欲知目下興衰兆，須問旁觀冷眼人。甲眉：故用冷子興演說。

卻說封肅，因聽見公差傳喚，忙出來賠笑啟問。那些人祇嚷：甲側：一絲不亂。『快請出甄爺來！』封肅忙賠笑道：『小人姓封，并不姓甄。祇有當日小婿姓甄，今已出家一二年了，不知可是問他？』那些公人道：『我們也不知什麼「真」「假」，甲側：點睛（原作晴）之筆！因奉太爺之命來問你。他是你女婿，便帶了你去親見太爺面稟，省得亂跑。』說着，不容封肅多言，大家推擁他去了。封肅家內人，各個驚慌，不知何兆。

那天約二更時，祇見封肅方回來，歡天喜地。甲側：出自封肅口內，便省却多少閑文。眾人忙問端的。他乃說道：『原來本府新任的太爺姓賈名化，本湖州人，曾與女婿舊日相交。蒙側：世態精神，迭露于數語間。方才在門前過去，因看見嬌杏那丫頭買綫，甲側：僥幸也。托言當日丫頭回顧，故有今日，亦不過偶然僥幸耳，非真識（原爲實）得風塵中英杰也。非近日小說中滿紙紅拂、紫烟之可比。◎甲眉：余批重出。余閱此書，偶有所得，即筆錄之；非從首至尾閱過，復從首加批者，故偶有復處。且諸公之批，自是諸公眼界；脂齋之批，亦有脂齋取樂處。後每一閱，亦必有一語半言，重加批評于側，故又有于前後照應之説等批。所以他祇當女婿移住于此。我一一將原故回明，那太爺倒傷感嘆息了一會；又問外孫女兒，甲側：細。我說看燈丢了。太爺說：「不妨，我自使番役務必探訪回來。」甲側：爲葫蘆案伏綫。說了一會話，臨走倒送了我二兩銀子。』蒙側：此事最要緊。甄家娘子聽了，不免心中傷感。甲側：所謂『舊事凄涼不可聞』也。一宿無話。

至次日，早有雨村遣人送了兩封銀子、四匹錦緞，答謝甄家娘子；甲側：雨村已是下流人物。看此，今之如雨村者，亦未有也。又寄一封密書與封肅，托他向甄家娘子要那姣杏做二房。甲側：謝禮却爲此。險哉，人之心也！封肅喜的屁滚尿流，巴不得去奉承，便在女兒前一力攛掇成了，甲側：一語道盡。乘夜祇用一乘小轎，便把姣杏送進去了。雨村歡喜，自不必說，蒙側：知己相逢，得遂平生一大快事。乃封百金贈封肅，外又謝甄家娘子許多物事，令其好生養贍，以待尋女兒下落。甲側：找前伏後。士隱家一段小榮枯，至此結住。所謂『真不去，假焉來』也。封肅回家無話。

却說姣杏這丫鬟，便是那年回顧雨村者。因偶然一顧，便弄出這段事來，蒙側：點出情事。亦是自己意料不到之奇緣。甲側：注明一筆，更妥當。誰想他命運兩濟，甲眉：好極！與英蓮『有命無運』四字遥遥相映射。蓮，主也；杏，僕也。今蓮反無運，而杏則兩全。可知世人原在運數，不在眼下之高低也。此則大有深意存焉！不承望自到雨村身邊，祇一年便生了一子；又半載，雨村嫡妻忽染疾下世，雨村便將他扶側作正室夫人了。

正是：

偶因一着錯，（甲側：妙極！蓋女兒原不應私顧外人之謂。）**便爲人上人**（二）。（甲側：更妙！可知守禮俟命者，終爲餓殍。其調侃寓意不小。）◎（甲眉：從來祇見集古集唐等句，未見集俗語者，此又更奇之至。）

卻說雨村因那年士隱贈銀之後，他于十六日便起身入都，至大比之期，不料他十分得意，已會了進士，選入外班，今已升了本府知府。雖才幹優長，未免有貪酷之弊；且又恃才侮上，那些官員皆側目而視。不上兩年，（甲側：此亦奸雄必有之理。）便被上司尋了一個空隙，作成一本，參他『生性狡猾，擅纂禮儀，且沽清正之名，而暗結虎狼之屬，致使地方多事，民命不堪』（甲側：此亦奸雄必有之事。）等語。龍顔大怒，即批革職。（蒙側：罪重而法輕，何其幸也！）該部文書一到，本府官員無不喜悅。那雨村心中雖十分慚恨，卻面上全無一點怨色，仍是嘻笑自若；（甲側：此亦奸雄必有之態。）交代過公事，將歷年作官積的些資本并家小，送至原籍，安插妥協，（甲側：先雲『根基已盡』，故今用此四字。細甚。）卻是自己擔風袖月，游覽天下勝迹。（甲側：已伏下至金陵一節矣。）

那日，偶又至維揚地面，因聞得今歲鹽政點的是林如海。這林如海姓林名海，表字如海，甲側：蓋雲『學海』『文林』也。總是暗寫黛玉。乃是前科的探花，今已升至蘭臺寺大夫，甲眉：官制半遵古名，亦好。余最喜此等半有半無、半古半今、事之所無、理之必有、極玄極幻、荒唐不經之處。本貫姑蘇人氏，甲側：十二釵正出之地，故用真。今欽點出為巡鹽御史，到任方一月有餘。原來這林如海之祖，曾襲過列侯，今到如海，已經五世。起初時，祇封襲三世，因當今隆恩盛德，遠邁前代，甲眉：最可笑近時小說中，無故極力稱揚浪子淫女，臨收結時，還必致感動朝廷，使君父同入其情欲之界，明遂其意。何無人心之至！不知彼（原作被）作者有何好處？有何謝報到朝廷廊廟之上？直將半生淫污（原作杇），穢瀆睿聽，又苦拉君父作一幹證護身符，强媒硬保，得遂其淫欲哉！額外加恩，至如海之父，又襲了一代；至如海，便從科第出身。雖系鐘鼎之家，卻亦是書香甲側：要緊二字！蓋鐘鼎亦必有書香方至美。之族。祇可惜這林家支庶不盛，子孫有限，雖有幾門，卻與如海俱是堂族而已，沒甚親支嫡派的。甲側：總爲黛玉極力一寫。今如海年已四十，祇有一個三歲之子，偏又于去歲死了。雖有幾房姬妾，甲側：帶寫賢妻。奈他命中無子，亦無可如何了。今祇有嫡妻賈氏，生了一女，乳名黛玉，蒙側：絳珠初見。年方五歲。夫妻無子，故愛女如珍，且又見他聰明清秀，甲側：看他寫黛玉，祇用此四字。可笑近來小説中，滿紙『天下無二』、『古今無雙』等字。便也欲使他讀書識幾個字，不過假充養子之意，聊解膝下荒涼之嘆。甲眉：如此叙法，方是至情至理之妙文。最可笑者，近來（原無）小説中，滿紙班昭、蔡琰、文君、道韞。

雨村正值偶感風寒，病在旅店，將一月光景方漸愈。一因身體勞倦，二因盤費不繼，也正欲尋個作合之處，暫且歇下。幸而兩個舊友，亦在此境住居，甲側：寫雨村自得意後之交識也。又爲冷子與作引。因聞得鹽政欲聘一西賓，雨村便相托友力，謀了進去，且作安身之計。妙在只一個女學生，并兩個伴讀丫鬟，這女學生年又極小，身體又極怯弱，功課不限多寡，故十分省力。

堪堪又是一載的光景，誰知女學生之母賈氏夫人，一疾而終。女學生侍湯奉藥，守喪盡哀，蒙側：先要使黛玉哭起。遂又將要辭館別圖。林如海意欲令女守制讀書，故又將他留下。近因女學生哀痛過傷，本自怯弱多病的，甲側：又一染。觸犯舊癥，遂連日不曾上學。甲眉：上半回已終。寫仙逝，正爲黛玉也。故一句帶過，恐閑文有妨（原作防）正筆。雨村閑居無聊，每當風日晴和，飯後便出來閑步。

這日偶至郭外，意欲賞鑒那村野風光。甲眉：大都世人意料此，終不能此；不及彼者，而反及彼。故特書意在村野風光，却忽遇見子與一篇榮國繁華氣象。忽信步至一山環水旋、茂林深竹之處，隱隱有座廟宇，門巷傾頹，牆垣朽敗，門前有額，題着『智通寺』三字，甲側：誰爲智者？又誰能通？一嘆！◎靖眉：是智者，方能通。誰爲智者？一嘆！門旁又有一副破舊對聯，曰：

身後有餘忘縮手　眼前無路想回頭甲：先爲寧、榮諸人當頭一喝，却是爲余一喝。

雨村看了，因想道：『這兩句話，文雖淺近，其意則深。甲側：一部書之總批。我也曾游過些名山大刹，倒不曾見過這話頭，其中想必有個翻過筋鬥來的，也未可知。甲側：隨筆帶出禪機，又爲後文多少語録不落空。何不進去試試。』想着走入看時，衹有一個龍鍾老僧在那裏煮粥。甲側：是雨村火氣。雨村見了，便不在意。甲側：火氣。及至問他兩句話，那老僧既聾且昏，甲側：是『翻過』來的。◎蒙側：欲寫冷子興，偏閑閑有許多着力語。齒落舌鈍，甲側：是『翻過』來的。所答非所問。

雨村不耐煩，便仍出來，甲眉：畢竟雨村還是俗眼，衹能識得阿鳳、寶玉、黛玉等未覺之先，却不識得既證之後。未出寧、榮繁華盛處，却先寫一荒涼小境；未寫通部入世迷人，却先寫一出世醒人。回風舞雪，倒峽逆波，別小說中所無之法。◎靖眉：雨村畢竟（原作聿意）還是俗眼，衹識得雙玉等未覺之先，却不曉既證之後。意欲到那肆中沽飲三杯，以助野趣，于是款步行來。剛入肆門，衹見座上吃酒之客有一人起身大笑，接了出來，口内說：『奇遇，奇遇！』雨村忙看時，此人是都中古董行貿易的號冷子興者，甲側：此人不過借爲引繩，不必細寫。舊日在都相識。雨村最贊這冷子興是個有作為、大本領的人，不贊出，則文不靈活，而冷子興之談吐似覺唐突矣。這冷子興又借雨村斯文之名，故二人說話投機，最相契合。雨村忙亦笑問：『老兄何日到此？弟竟不知。今日偶遇，真奇緣也。』子興道：『去年歲底到家，今因還要入都，從此順路找個敝友說一句話，承他之情，留我多住兩日。我也無甚緊事，且盤桓兩日，待月半時，也就起身了。今日敝友有事，我因閑步至此，且歇歇腳，不期這樣巧遇。』一面說，一面讓雨村同席坐了，另整上酒肴來。二人閑談慢飲，叙些別後之事。甲側：好！若多談則累贅。◎蒙側：又抛一筆。

雨村因問：『近日都中可有新聞沒有？』 甲側：不突然，亦常問常答之言。 子興道：『倒沒有什麼新聞，倒是老先生你貴同宗家，出了一件小小异事。』 甲側：雨村已無族中矣，何及此耶？看他下文。 雨村笑道：『弟族中無人在都，何談及此？』子興笑道：『你們同姓，實非同宗一族？』 甲眉：同姓即同宗出，可發一笑。 雨村問是誰家。子興道：『榮國府賈府中，可也不玷辱了先生的門楣了？』 甲側：刳小人之心肺，聞小人之口角。 雨村笑道：『原來是他家。若論起來，寒族人丁卻不少，自東漢賈復以來，支派繁盛，各省皆有， 甲側：此話縱真，亦必謂是雨村欺人語。◎蒙側：如聞其聲。 誰能逐細考查？若論榮國一支，卻是同譜。但他那等榮耀，我們不便去攀扯，至今故越發生疏難認了。』子興嘆道： 甲側：嘆得怪。 『老先生休如此說。如今的這寧、榮兩門，也都蕭疏了，不比先時的光景。』 甲側：記清此句！可知書中之榮府，已是末世了。 雨村道：『當日寧、榮兩宅的人口也極多，如何就蕭疏了？』 甲側：作者之意原祇寫末世。此已是賈府之末世了。 冷子興道：『正是，說來也話長。』雨村道：『去歲我到金陵地界，因欲游覽六朝遺迹，那日進了石頭城， 甲側：點睛。神妙！ 從他老宅門前經過。路北，東是寧國府，西是榮國府，二宅相連，竟將大半條街占了。大門前雖冷落無人， 甲側：好！寫出空宅。 隔着園牆一望，裏面廳殿樓閣，也還都崢嶸軒峻；就是後 甲側：『後』字何不直用『西』字？恐先生墮泪，故不敢用『西』字。 一帶花園子裏樹木山石，此都還有蓊蔚泱潤之氣，那裏像個衰敗之家？』子興冷笑道：『虧你是進士出身，緣何不通！古人有雲：「百足之蟲，死而不僵。」如今雖說不似先年那樣興盛，較之平常仕宦之家，到底氣象不同。如今生齒日繁，事務日盛，主僕上下，安富尊榮者盡多，運籌謀畫者無一；（甲側：二語乃今古富貴世家之大病。）其日用排場，又不能將就省儉，如今外面的架子雖未甚倒，（甲側：『甚』字好！蓋已『半倒』矣。）內囊卻也盡上來了。這還是小事。更有一件大事：誰知這鐘鳴鼎食之家，翰墨詩書之族，（甲側：兩句寫出榮府。）如今的兒孫，竟一代不如一代了！』（甲眉：文是極好之文，理是必有之理，話則極痛極悲之話。◎蒙側：世家興敗，寄口與人，誠可悲夫！）雨村聽說，也駭道：『這樣詩禮之家，豈有不善教育之理？別門不知，祇說這寧、榮兩宅，是最教子有方的。』（甲側：一轉有力。）

子興嘆道：『正說的是這兩門呢。待我告訴你：當日寧國公（甲側：演。）與榮國公（甲側：源。）是一母同胞弟兄兩個。寧公居長，生了四個兒子。（甲側：賈薔、賈菌之祖，不言可知矣。）寧公死後，長子賈代化襲了官，（甲側：第二代。）也生了兩個兒子：長名賈敷，至八九歲上便死了，祇剩了次子賈敬襲了官，（甲側：第三代。）如今一味好道，祇愛燒丹煉汞，餘者一概不在心上。（甲側：亦是大族末世常有之事，嘆嘆！◎蒙側：偏先從好神仙的苦處說來。）幸而早年生下一子，名喚賈珍，（甲側：第四代。）因他父親一心想作神仙，把官倒讓他襲了。他父親又不肯回原籍來，祇在都中城外和道士們胡羼。這位珍爺倒生了一個兒子，今年才十六歲，名叫賈蓉。（甲側：至蓉，五代。）如今敬老爺一概不管。這珍爺那裏肯讀書，祇一味高樂不了，把寧國府竟翻了過來，也沒有人敢來管他。（甲側：伏後文。）再說榮府你聽，方才說异事，就出在這裏。自榮公死後，長子賈代善襲了官，[甲側：第二代。]娶的也是金陵世勛史侯家的小姐為妻，[甲側：因湘雲，故及之。]生了兩個兒子：長名賈赦，次名賈政。[甲側：第三代。]如今代善早已去世，太夫人尚在，[甲側：記真！湘雲祖姑史氏太君也。]長子賈赦襲着官；[辰：伏下賈璉、鳳姐當家之文。]次子賈政，自幼酷喜讀書，祖父最疼，原欲以科甲出身的，不料代善臨終時遺本一上，皇上因恤先臣，即時令長子襲官外，問還有幾子，立刻引見，遂額外賜了這政老爺一個主事之銜，[甲側：嫡真實事，非妄擬（原作擁）也。]令其入部習學，如今現已升了員外郎了。[甲側：總是稱功頌德。]這政老爺的夫人王氏，[甲側：記清！]頭胎生得公子，名喚賈珠，十四歲進學，不到二十歲就娶了妻，生了一子，[甲側：此即賈蘭也。至蘭，第五代。]一病死了。[甲眉：略可望者，即死。嘆嘆！]第二胎生了一位小姐，生在大年初一日，就奇了；不想後來〔三〕又生了一位公子，[甲眉：一部書中第一人，却如此淡淡帶出，故不見後來玉兄文字繁難。]說來更奇，一落胎胞，嘴裏即銜下一塊五彩晶瑩的玉來，上面還有許多字迹。[甲側：青埂頑石已得下落。]就取名叫作寶玉〔四〕。你道是奇异事不是？』[辰：正是寧、榮二處支譜。]雨村笑道：『果然奇异。這人來歷，衹怕不小！』

子興冷笑道：『萬人皆如此說。因而，乃祖母便覺愛如珍寶。那年周歲時，政老爺便要試他將來的志向，便將那世上所有之物件，擺了無數，與他抓取。誰知他一概不取，衹把些脂粉釵環抓來。政老爺便大怒了，說：「將來酒色徒耳！」因此便大不喜悅。獨那史老太君，還是命根一樣。說來又奇，如今長了七八歲，雖然淘氣异常，但其聰明乖覺處，百個不及他。他說起孩子話來也奇怪，他說：「女兒是水作的骨肉，男人是泥作的骨肉。（甲側：真千古奇文奇情！）我見了女兒，我便清爽；見了男子，便覺濁臭逼人。」你道〔五〕好笑不好笑？將來色鬼無疑了！』（甲側：沒有這一句，雨村如何駭然厲色，并後奇奇怪怪之論？）雨村駭然厲色忙止道：『非也！可惜你們不知道這人來歷。大約政老前輩也錯以淫魔色鬼看待了。若非多讀書識字，加以致知格物之功，悟道參玄〔六〕之力者，不能知也。』

子興見他說得這樣重大，忙請教其端。雨村道：『天地生人，除大仁大惡兩種，餘者皆無大异。若大仁者，則應運而生；大惡者，則應劫而生。運生世治，劫生世危。堯、舜、禹、湯、文、武、周、召、孔、孟、董、韓、周、程、張、朱，皆應運而生，大仁者，修治天下。共工、桀、紂、始皇、王莽、曹操、桓溫、安祿山、秦檜等，皆應劫而生，（甲側：此亦略舉大概幾人而言。）大惡者，擾亂〔七〕天下。清明靈秀，天地之正氣，仁者之所秉也；殘忍乖僻，天地之邪氣，惡者之所秉也。今當運隆祚永之朝，太平無為之世，清明靈秀之氣所秉者，上至朝廷，下至草野，比比皆是。所餘之秀氣，漫無所歸，遂為甘露，為和風，洽然溉及四海。彼殘忍乖僻之邪氣，不能蕩溢于光天化日之中，遂凝結充塞于深溝大壑之內，偶因風蕩，或被雲推，略有搖動感發之意，一絲半縷誤而泄出者，偶值靈秀之氣適過。正不容邪，邪復妒正，（甲側：譬得好！）兩不相下，亦如風水雷電，地中既不能消，又不能讓，必至搏擊掀發後始盡。故其氣亦必賦人，發泄一盡始散。使男女偶秉此氣而生者，上則不能成仁人君子，下亦不能為大凶大惡。甲側：恰極！是確論。置之于萬萬人之中，其聰俊靈秀之氣，則在萬萬人之上；其乖僻邪謬不近人情之態，又在萬萬人之下。若生于富貴公侯之家，則為情痴情種；若生于詩書清貧之族，則為〔八〕逸士高人；蒙側：巧筆奇言，別開生（原無）面。但此數語，恐誤盡聰明後生者。縱再偶生于薄祚寒門，斷不能為走卒健僕，甘遭庸人驅制駕馭，必為奇優名倡。如前代之許由、陶潛、阮籍、嵇康、劉伶、王謝二族、顧虎頭、陳後主、唐明皇、宋徽宗、溫飛卿、米南宮、石曼卿、柳耆卿、秦少游，近日之倪雲林、唐伯虎、祝枝山，再如李龜年、黃幡綽、敬新磨、卓文君、紅拂、薛濤、崔鶯鶯、朝雲之流，此皆易地則同之人也。』

子興道：『依你說，成則公侯敗則賊了？』甲側：《女仙外史》中論魔道已奇，此又非《外史》之立意，故覺愈奇。雨村道：『正是這意。你不知，我自革職以來，這兩年遍游各省，也曾遇見兩個异樣孩子，甲側：先虛陪一個。所以方才你一說這寶玉，我就猜着了八九，亦是這一派人物。不用遠說，衹金陵城內欽差金陵省體仁院總裁甲側：此銜無考，亦因寓懷而設，置而勿論。◎甲眉：又一個『真正之家』，特（原作持）與『假家』遙對，故寫『假』則知『真』。甄家，你可知道麼？』子興道：『誰人不知！這甄府和賈府就是老親，又系世交。兩家來往，極其親熱的。便在下也和他家來往非止一日了。』甲側：說大話之走狗。逼真！

雨村笑道：『去歲我在金陵，曾有人薦我到甄府處館。我進去看其光景，誰知他家那等顯貴，卻是一個富而好禮之家，*甲側：如聞其聲。◎甲眉：祇一句便是一篇家傳。與子興口中是兩樣。*倒是個難得之館。但這一個學生，雖是啟蒙，卻比一個舉業的還勞神。說起來更可笑，他說：「必得兩個女兒伴着我讀書，我方能認得字，心裏也明白，不然，我自己心裏糊塗。」*甲側：甄家之寶玉，乃上半部不寫者，故此處極力表明，以遥照賈家之寶玉。凡寫賈寶玉之文，則正爲真寶玉傳影。*又常對跟他的小廝們道：「女兒兩個字，極尊貴、極清淨的，比那阿彌陀佛、元始天尊的這兩〔九〕個寶號，還更尊榮無對的呢！*甲眉：如何祇以釋、老二號爲譬，略不敢及我先師儒聖等人？余則不敢以頑劣目之。*你們這濁口臭舌，萬不可唐突了這兩個字，要緊。*蒙側：故（原作固）作險筆，以爲後文之伏綫。*但凡說時，必須先用清水香茶漱了口，才可說，*甲側：恭敬。*若失錯，便要鑿牙穿腮」等事，*甲側：罪過！*其暴虐浮躁，頑劣憨痴，種種异常。祇一放了學，進去見了那些女兒們，其溫柔和平，聰敏文雅，*甲側：與前八字敵（原作嫡）對。*竟又變了一個。因此，他尊人也曾下死笞楚過幾次，無奈竟不能改。每打的吃疼不過時，他便「姐姐」「妹妹」亂叫起來。*甲眉：以自古未聞之奇語，故寫成自古未有之奇文。此是一部書中大調侃寓意處。蓋作者實因鶺鴒之悲，棠棣之威，故撰此閨閣庭幃之傳。*聽得裏面女兒們拿他取笑：「因何打急了祇喚姐妹作甚？莫不是求姐妹去說情討饒？你豈不愧羞！」他回答的最妙，他說：「急疼之時，祇叫『姐姐』『妹妹』字樣，或可解疼也未可知，*蒙側：閑閑逗出無窮奇語，都祇爲下文。*因叫了一聲，便果覺不疼了，遂得了秘法：每疼痛之極，便連叫姐妹起來。」你說好笑不好笑？也因祖母溺愛不明，每因孫辱師責子，因此我就辭了館出來〔十〕。這等子弟，必不能守祖父之根基，從師友之規諫的。祇可惜他家幾個好姊妹都是少有的。』甲側：實點一筆。余謂作者必有。

子興道：『便是賈府中，現在三個亦不錯。政老爺之女，名元春，甲側：『原』也。現因賢孝才德，入宮作女史去了。甲側：因漢以前例。妙！二小姐乃赦老爺之妾所出，名迎春；甲側：『應』也。三小姐乃政老爺之庶出，名探春；甲側：『嘆』也。四小姐乃寧府珍爺之胞妹，名喚惜春。甲側：『息』也。◎辰：賈敬之女。因史老夫人極愛孫女，都跟在祖母這邊一處讀書，聽得個個不錯。』辰：復續前文未及，正詞源三疊。雨村道：『更妙在甄家的風俗，女兒之名，亦皆從男子之名命字，不似別家另外用那些「春」「紅」「香」「玉」等艷字的。何得賈府亦落此俗套？』子興道：『不然。祇因現今大小姐是正月初一日所生，故名元春，餘者方從了「春」字。上一輩的，卻也是從弟兄而來的。現有對證：目今你貴東家林公之夫人，即榮府中赦、政二公之胞妹，他在家時，原名喚賈敏。蒙側：黛玉之入榮（原作寧）國府的根源，却藉他二人之口，下文便不費（原作廢）力。不信時，你回去細訪可知。』雨村拍案笑道：『怪道這女學生讀至凡書中有「敏」字，他皆念作「蜜」字，每每如是；寫的字遇着「敏」字，又減一二筆，我心中就有些疑惑。今聽你說，是為此無疑矣。怪道我這女學生言語舉止另是一樣，不與近日女子相同，度其母必不凡，方得其女。今知為榮府之孫女，又不足罕〔十二〕矣，可傷其母上月竟亡故了。』子興嘆道：『老姊妹四個，這一個極小的，又沒了。長一輩的姊妹，一個也沒有了。祇看這小一輩的，將來之東床如何呢！』

雨村道：『正方才說這政公，已有了一個銜玉之兒，（蒙側：靈玉却祇一塊，而寶玉有兩個，情性如一，亦如六（原無）耳悟空之意耶？）又有長子所遺一個弱孫。這赦老竟無一個不成？』子興道：『政公既有玉兒之後，其妾後又生了一個，（甲側：帶出賈環。）倒不知其好歹。祇眼前現有二子一孫，卻不知將來如何。若問那赦公，也有二子，（蒙側：本家族譜，記不清者甚多，偏是旁人說來，一絲不亂。）長名賈璉，今已二十來往了，親上作親，娶的就是政老爺夫人王氏之內侄女，（甲側：另出熙鳳一人。）今已娶了二年。這位璉爺身上，現捐的是個同知，也是不喜讀書，于世路上好機變，言談去的，所以如今祇在乃叔政老爺家住着，幫着料理些家務。誰知自娶了他夫人之後，倒上下無一人不稱頌他夫人的，璉爺倒退了一射之地：說模樣又極標致，言談又極爽利，心機又極深細，竟是個男人萬不及一的。』（甲側：未見其人，先已有照。）◎（甲眉：非警幻案下而來爲誰？）

雨村聽了，笑道：『可知我前言不謬。（甲眉：略一總住。）你我方才所說這幾個人，都祇怕是那正邪兩賦而來一路之人，未可知也。』子興道：『那管正邪，祇顧算別人家的帳，你也吃一杯酒才好。』（蒙側：筆轉如流，毫無沾滯。）雨村道：『正是！祇顧說話，竟多吃了幾杯！』子興笑道：『說別人家的閑話，正好下酒，（甲側：蓋雲此一段話，亦爲世人茶酒之笑談耳。）

即多吃幾杯何妨！』雨村向窗外看道：甲側：畫。『天也晚了，仔細關了城門。我們慢慢進城再談，未為不可。』于是，算還酒帳。甲側：不得謂此處收得索然，蓋原非正文也。方欲走時，聽得後面有人叫道：『雨村兄，恭喜了！來這等村野地方何幹？』甲側：此種套頭，亦不得不用。雨村聽說，忙回頭看時語言太煩，令人不耐。古人雲：『惜墨如金』，看此則視墨如土矣。雖演至千萬回亦可也。——且聽下回分解。

總評

先自寫幸遇之情于前，而敘借口談幻境之情于後。世上不平事，道路口如碑，雖作者之苦心，亦人情之必有。

雨村之遇姣杏，是此文之總冒，故在前。冷子興之談，是事迹之總冒，故敘寫于後。冷暖世情，比比如畫。

有情原比無情苦，生死相關總在心。也是前緣天作合，何妨黛玉泪淋淋。

校記

〔一〕此『回前批』，在原書中被列入正文，現作改正。

〔二〕此處的『又半載，雨村嫡妻忽染疾下世，雨村便將他扶側作正室夫人了。正是：「偶因一着錯，便爲人上人。」』一段話，原文爲『因此十分得寵』，據庚辰本改。

〔三〕此處的『後來』二字，甲戌本、己卯本、庚辰本、蒙府本均爲『次年』。

〔四〕原文無『就取名叫作寶玉』句，據庚辰本補。

〔五〕此處的『你道』二字，原文爲『你到』，據庚辰本改。

〔六〕此處的『參玄』二字，原文爲『參元』。庚辰本中的『玄』字，寫作『𤣥』（因諱康熙名玄燁而少一筆）。

〔七〕此處的『擾亂』二字，原文爲『撓亂』，校者改。

〔八〕原文無『爲』字，據蒙府本補。

〔九〕原文無『兩』字，據庚辰本補。

〔十〕庚辰本在此句後，有以下一句：『如今在這巡鹽御史林家坐館了。你看……』

〔十一〕此處的『罕』字，原文爲『駭』，據庚辰本改。

第三回 托内兄如海酬訓教 接外孫賈母惜孤女（一）

【回前】我爲你持戒，我爲你吃齋；我爲你百行百計不舒懷，我爲你泪眼愁眉難解。無人處，自疑猜。生怕那慧性靈心偷改。

寶玉通靈可愛，天生有眼堪穿。萬年幸一遇仙緣，從此春光美滿。隨時喜怒哀樂，遠却離合悲歡。地久天長香影連，可意方舒心眼。

寶玉銜來，是補天之餘；落地已久，得地氣收藏，因人而現。其性質内陽外陰，其形體光白温潤，天生有眼可穿，故名曰寶玉。將欲得者，盡皆寶愛此玉之意也。

天地循環秋復春，生生死死舊重新。君家著筆描風月，寶玉顰顰解愛人。

卻説雨村忙回頭看時，不是别人，乃是當日同僚一案參革的號張如圭者。蓋言『如鬼如蜮』也，亦非正人正旨。他本系此地人，革後家居，今打聽得都中奏準起復舊員之信，他便四下裏尋找門路，蒙側：仕（原作此）途宦境，描寫得（原作的）當。忽遇見雨村，故忙道喜。二人見了禮，張如圭便將此信告訴雨村，自是歡喜，忙忙的叙了兩句，甲側：畫出心事。遂作別各自回家。冷子興聽得此言，便忙獻計，甲側：逼肖！趕熱竈者。令雨村央煩林如海，轉向都中去央煩賈政。雨村領其意，作別回去至館中，忙尋邸報，看真確了。細。

次日，面謀之如海。如海道：『天緣湊巧，因賤荆去世，都中家岳母念及小女無人依傍教育，前已遣了男女船衹來接，因小女未曾大痊，故未及行。此刻正思向蒙訓教之恩，未經酬報，遇此機會，豈有不盡心圖報之理？但請放心。弟已預為籌畫至此，已修下薦書一封，轉托內兄，務為周旋協佐，方可稍盡弟之鄙誠，蒙側：要説正文，故以此作引，且黛玉路中實無可托之人。文筆逼切得宜。即有所費用之例，弟于家信中，已注明白，亦不勞尊兄多慮矣。』雨村一面打恭，謝不釋口，一面又問：『不知令親大人現居何職？甲側：奸險小人欺人語。衹怕晚生草率，不敢遽然入都幹瀆。』甲側：全是假，全是詐。◎蒙側：借雨村細密心思之語，容容易易轉入正文，亦是宦途人之口頭心頭。最妙！如海笑道：『若論舍親，與尊兄系同譜，乃榮公之孫：大內兄現襲一等將軍之職，名赦，字恩侯；二內兄名政，字存周，二字二名俱頌德而來，與子興口中作證。現任工部員外郎，其為人謙恭厚道，大有祖父遺風，非膏粱輕薄仕宦之流，辰：復醒一筆。故弟方致書煩托。否則不但有污尊兄之清操，即弟亦不屑為矣。』甲側：寫如海，實系（原作不）寫政老。所謂此書有『不寫之寫』是也。雨村聽了，心下方信了昨日子興之言，于是又謝了林如海。如海乃說：『已擇了正月初六日小女入都，尊兄即同路入都，豈不兩便？』雨村唯唯聽命，心中十分得意。如海遂打點禮物，并餞行之物，雨村一一領了。

那女學生黛玉，身體方愈，原不忍弃父而往；無奈他外祖母執意要他去，且兼如海說：『汝父年將半百，再無續室之意；且汝多病，年又極小，上無親母教育，下無姊妹兄弟扶持，（甲側：可憐！一句一滴血！一句一滴血之文！）今依傍外祖母及舅氏姊妹，正好減我顧盼之憂，何反雲不往？』黛玉聽了，方灑泪拜別，（甲側：實寫黛玉。）隨了奶娘及榮府中幾個老婦人，登舟而去。（蒙側：此一段是不肯使黛玉作弃父樂爲遠游者。以此可見作者之心，保愛黛玉如己。）雨村另有一祇船，帶二個小童，依黛玉而行。

（甲側：老師依附門生。怪道今時以收納門生爲幸！◎蒙側：細密如此，是大家風範。）

有日到了都中，（甲側：繁中減筆。）進了神京，雨村先整了衣冠，（甲側：且按下黛玉，以待細寫。今故先將雨村安置過一邊，方起榮府中之正文也。）帶了小童，

（甲側：至此，漸漸好看起來也。）

拿着『宗侄』的名帖，（此帖妙極！可知雨村的品行矣。）至榮府門前投了。彼時賈政已看了妹夫之書，即忙請入相會。見雨村相貌魁偉，言談不俗，且這賈政最喜讀書人，禮賢下士，拯溺濟危，大有祖風；

（甲側：『君子可欺其方』也，況雨村正在『王莽謙恭下士』之時，雖政老亦爲所惑。在作者，系指東說西也。）

況又系妹丈致意，因此優待雨村，又更不同，便竭力內中協力，題奏之日，輕輕謀了一個復職候缺。（甲側：《春秋》字法。）不上兩個月，金陵應天府缺出，便謀補了此缺。

甲側：《春秋》字法。雨村辭了賈政，擇日到任去了，不在話下。蒙側：了結雨村。◎因寶釵故及之。一語過至下回。

且說黛玉自那日弃舟登岸時，這方是（原作無是）正文起頭處。此後筆墨，與前兩回不同。便有榮國府打發了轎子，并拉行李的車輛久候。這林黛玉常聽見甲側：三字細。◎蒙側：以『常聽見』等字，省下多少筆墨。母親說過，他外祖母家，與別家不同。他近日所見的這三等僕婦，吃穿用度，已是不凡了，何況今至其家。因此步步留心，時時在意，不肯輕易多說一句話，多行一步路，蒙側：顰顰固（原作故）自不凡。祇恐被人恥笑了他去。寫黛玉自幼之心機。◎辰：黛玉自忖之語。自上轎進入城中，從紗窗向〔二〕外瞧了一瞧，其街市之繁華，人烟之阜盛，自與別處不同。先從街市寫來。又行了半日，忽見街北蹲着兩個大石獅子，三間獸頭大門前，列坐着十來個華冠麗服之人。正門卻不開，祇有東西兩角門有人出入。正門上有匾，匾上大書『敕造寧國府』五個大字。先寫寧國府，這是由東向西而來。黛玉想道：『這是外祖之長房了。』想着，又往西行，不多遠，照樣也是三間大門，方是榮國府了。蒙側：以下寫榮國府第，總借黛玉一雙俊眼中傳來。非黛玉之眼，也不得如此細密周詳。卻不進正門，祇進了西角門。那轎夫抬進去，走了一箭之地，將轉彎時，便歇下，退出去了。後面的婆子們已都下了轎，趕上前來；另換了三四個衣帽周全十七八歲的小厮上來，復抬起轎子。衆婆子步下圍隨，至一垂花門前落下。衆小厮退出，衆婆子上來打起轎簾，扶黛玉下轎。蒙側：以上寫款項。黛玉下了轎。黛玉扶着婆子的手，進了垂花門。兩邊是抄手游廊，當中是穿堂，當地放一個紫檀架子的大理石的大插屏。轉過插屏，小小三間廳，廳後就是後面的正房大院。正面五間上房，皆是雕梁畫棟，兩邊穿山游廊廂房，挂着各色鸚鵡、畫眉等鳥雀。臺階之上，坐着幾個穿紅着綠的丫頭，一見他們來了，便忙都笑迎上來，說：『剛才老太太還念呢，可巧就來了』。甲側：如見如聞，活現于紙上之筆。好看煞！◎辰：有層次。于是三四人争着打起簾子，甲側：真有是事，真有是事！一面聽得人回話，說：『林姑娘到了。』

甲眉：此書得力處全是此等地方，所謂『頰上三毫』也。

黛玉方進入房時，衹見兩個人攙着一位鬢發如銀的老母迎上來，黛玉便知是他外祖母。方欲拜見時，早被他外祖母一把摟入懷中，『心肝兒肉』寫盡天下疼女兒的神理。叫着哭起來。蒙側：此一段文字，是天性中流出，我讀時不覺泪盈雙袖。◎幾千斤力量寫此一筆。當下地下伏侍之人，無不掩面涕泣，甲側：旁寫一筆，更妙！黛玉也哭個不住。甲側：自然順寫一筆。◎蒙側：逼真！一時衆人慢慢解勸住了，黛玉方拜見了外祖母。甲眉：書中正文之人，却如此寫出，却是天生地設章法，不見一絲勉强。——此即冷子興所雲之史氏太君也，賈赦、賈政之母。當下賈母一一的指與黛玉：『這是你大舅母；辰：邢氏。這是你二舅母；辰：王氏。這是甲側：書中人目太繁，故明注一筆，使觀者省眼。你先珠大哥的媳婦珠大嫂。』辰：李紈。黛玉一一拜見過。賈母又說：『請姑娘們來。今日遠客才來，可以不必上學去了。』衆人答應了一聲，便去了兩個。

不一時，衹見三個奶嬤嬤并五六個丫鬟，簇擁着三個姊妹來了。（甲側：聲勢如現紙上。）第一個肌膚微豐，（甲側：不犯寶釵。◎甲眉：從黛玉眼中寫三人。）合中身材，腮凝新荔，鼻膩鵝脂，溫柔沉默，觀之可親。（爲迎春寫照。）第二個削肩細腰，（甲側：《洛神賦》中雲：『肩若削成』是也。）長挑身材，鴨蛋臉面，俊眼修眉，顧盼神飛，文采精華，見之忘俗。（爲探春寫照。）第三個身材未足，形容尚小。（渾寫一個更妙！必個個寫去則板。可笑近來小說中，有一百個女子，皆是如花似玉，衹一副臉面。）其釵環裙襖，三人皆是一樣的妝飾。（甲側：是極。逼肖！◎蒙側：欲畫天尊，先畫衆神。如此，其天尊自當另有一番高山世外的景象。◎畢肖。）黛玉忙起身迎上來見禮，（甲側：此筆亦不可少。）互相廝認過，各歸座。丫鬟們斟上茶來。不過說黛玉之母如何得病，如何請醫服藥，如何送死發喪。（蒙側：層層不漏，周密之至！）不免賈母又傷感起來，（甲側：妙！）因說：『我這些兒女，所疼者獨有你母，今日一旦先捨我而去，連面不能一見。今見了你，我怎不傷心！』說着，摟了黛玉在懷，又嗚咽起來。（蒙側：不禁我也跟他哭起來。）衆人忙都寬慰解釋，方略略止住。（總爲黛玉自此不能別往。）

衆人見黛玉年貌雖小，其舉止言談不俗，身體面龐雖怯弱不勝，（甲側：寫美人是如此筆杖（原作伏），看官怎得不叫絕稱賞！）卻有一段自然風流態度，（甲眉：從衆人目中寫黛玉。草胎卉質，豈能勝物耶？想其衣裙，皆不得不勉（原作免）强支持者也。◎爲黛玉寫照。衆人目中，衹此一句足矣。）便知他有不足之癥。因問：『常服何藥，如何不急為療治？』黛玉笑道：『我自來是如此，從會吃飲食時，便吃藥，到今未斷。請了多少名醫，修方配藥，皆不見效。那一年，我才三歲時，聽得說來了一個癩頭和尚，（甲側：文字細如牛毛！◎甲眉：奇奇怪怪，一至于此。通部書（原無）中假借癩僧、跛道二人，點明迷情幻海中有數之人也，非襲《西游》中一味無稽，至不能處便用觀世音可比。◎奇奇怪怪一至于此。通部中假借（原無）癩僧、跛道二人，點明情痴幻海。說要化我去出家，我父母因不從他。又說：「既捨不得他，祇怕他的病一生也不能好的。若要好時，除非從此以後總不許見哭聲；蒙側：作者既以黛玉爲絳珠化生，是要哭的了，反要使人先叫他不許哭。妙！◎愛哭的偏寫出有人不教哭。除父母之外，凡有外姓親友之人，概不見，方可平安了此一世。」瘋瘋癲癲，說了這些不經之談，是作者自注。也沒人理他。如今還是吃人參養榮丸。』甲眉：甄英蓮乃副（原作付）十二釵之首，却明寫癩僧一點。今黛玉爲正十二釵之冠（原作貫），反用暗筆。蓋正十二釵，人或洞悉可知；副十二釵，或恐觀者忽（原作惑）略，故須（原作寫）極力一提，使觀者萬勿稍加玩忽之意耳。◎人生（原作爲參）原當自養榮衛。賈母道：『這正好，我這裏正配丸藥呢。爲後葛、菱伏脉。叫他們多配一料就是了。』

一語未了，祇聽後院中有人笑聲，甲側：懦筆庸筆何能及此！說：『我來遲了，不曾迎接遠客。』甲側：第一筆，阿鳳三魂六魄已被作者拘定了，後文焉得不活跳（原作挑）紙上！此等文字（原無）非仙助即神助，否則（原無）從何而得此機括耶？◎靖眉：阿鳳三魂已被作者勾走了，後文方得活跳紙上。◎另磨新墨，鋭筆獨出熙鳳一人。未寫其形，先使聞聲，所謂『綉幡開遥，見英雄俺』也。黛玉納想道：『這些人個個皆斂聲屏氣，恭肅嚴整如此，這來者系誰，這樣放誕無禮？』原有此一想。◎蒙側：天下事不可一概（原作蓋）而論。心下想時，祇見一群媳婦丫鬟圍擁着一個人，從後房進來。這個人打扮與衆姑娘不同，彩綉輝煌，恍若神妃仙子：頭上戴着金絲八寶攢珠髻，綰着朝陽五鳳挂珠釵；頭。項下戴着赤金盤螭瓔珞圈；頸。裙邊系着豆綠宫縧雙魚比目玫瑰佩；腰。身上穿着縷金百蝶穿花大紅洋緞穿福襖，蒙側：大凡能事者，多是尚奇好异，不肯泛泛同流。

外罩五彩刻絲石青銀鼠褂；下罩翡翠灑花洋縐裙。一雙丹鳳三角眼，兩彎柳葉吊梢眉，蒙側：非如此眼，非如此眉，不得爲熙鳳，作者讀過《麻衣相法》。身量苗條，體格風騷，粉面含春威不露，丹唇未啟笑先聞。甲眉：試問諸公：從來小說中可有寫形追像至此者？◎蒙側：英豪本等。◎爲熙鳳寫照。黛玉連忙起身接見。賈母笑道：熙鳳一至，賈母方笑，與後文多少文字作眼。『你不認得他。他是我們這裏有名的一個潑皮破落戶兒，南省俗謂作「辣子」。你祇叫他「鳳辣子」就是了。』甲側：阿鳳笑聲進來，老玉君打諢，雖是空口傳聲，却是補出一向晨昏起居，阿鳳于太君處承歡應候（原作侯），是（原無）一刻不可少之人，看官勿以閑文淡文看（原無）也。黛玉正不知以何稱呼，蒙側：想黛玉此時神情，含渾可愛。祇見衆姊妹都忙告訴道：『這是璉嫂。』黛玉雖不認識，曾聽見母親說過，大舅賈赦之子賈璉，娶的就是二舅母王氏之內侄女，自幼假充男兒教養的，學名王熙鳳。奇想奇文！以女子曰學名固奇，然此偏有學名的反倒不識字，不曰學名者反若彼。黛玉忙賠笑見禮，以『嫂』呼之。這熙鳳攜着黛玉的手，上下細細的打量了一會，甲側：寫阿鳳『全部傳（原作轉）神』第一筆也。便仍送至賈母的身邊坐下，因笑道：『天下真有這樣標致人物，我今才算見了！甲側：這方是阿鳳語言。若一味浮詞套語，豈復阿鳳哉！◎甲眉：『真有這樣標致人物』出自阿（原無）鳳口，黛玉豐姿可知。宜作史筆看。況且這通身的氣派，竟不像老祖宗的外孫女兒，竟是個嫡親的孫女，甲側：仍歸太君，方不失《石頭記》文字，且是阿鳳身心之至文。怨不得老祖宗天天口頭心頭一時不忘。却是極淡之語，偏能恰投賈母之意。祇可憐我這妹妹這樣命苦，甲側：這是阿鳳見黛玉正文。怎麼姑媽偏就去世了！』甲側：若無這幾句，便不是賈府媳婦。說着，便用帕拭泪。賈母笑道：『我才好了，你倒來招我。甲側：文字好看之極！你妹妹遠客才來，身子又弱，也才勸住了，快再休提前言。』反用賈母勸他，熙鳳之術亦甚矣。 這熙鳳聽了，忙轉悲為喜道：『正是呢！我一見妹妹，一心都在他身上了，又是歡喜，又是〔三〕傷心，竟忘記了老祖宗。該打，該打！』又忙攜黛玉之手，問：『妹妹幾歲了？』黛玉答道：『十三歲了。』又問道〔四〕：『可也上過學？現吃什麼藥？在這裏，不要想家，要什麼吃的、什麼玩的，衹管告訴我；丫頭、老婆們不好了，也衹管告訴我。』一面又問婆子們：『林姑娘的行李東西可搬進來了？帶了幾個人來？甲側：當家的人事（原作車）如此。逼（原作畢）肖！◎蒙側：三句話不離本行，職任在茲也。 你們趕早打掃兩間下房，讓他們去歇歇。』

說話時，已擺了茶果上來。蒙側：熙鳳後到，爲有事，寫其勞能；先爲籌畫，寫其機巧。摇前映後之筆。◎總從黛玉眼中寫出。 熙鳳親為捧茶捧果。又見二舅母問他：『月錢放完了不曾？』甲側：不見後文，不見此筆之妙！ 熙鳳道：『月錢已放完。才剛帶着人到後樓上找緞子，甲側：接閑文，是本意避繁也。 找了這半日，并無有見昨日太太說的那樣，甲側：却是日用家常實事。◎蒙側：陪筆用得靈活，兼能形容熙鳳之爲人。妙心妙手，故有妙文妙口。 想是太太記錯了？』王夫人道：『有沒有，什麼要緊。』因又說道：『該隨手拿出兩個來，給你妹妹去裁衣裳的。等晚上想着，叫人再去拿罷，甲側：仍歸前文。妙，妙！ 可別忘了！』熙鳳道：『這倒是我先料着了，知道妹妹不過這兩日到的，我已預備下了，甲眉：余知此緞阿鳳并未拿出。此借王夫人之語，機變欺人處耳。若信彼果拿出預備，不獨被阿鳳瞞過，亦且被石頭瞞過了。 等太太回去，過了目，再送來。』試看他心機。王夫人一笑，點頭不語。深取之意。◎辰：很漏鳳姐是個當家人。

當下茶果已撤，賈母命兩個老婆婆〔五〕帶了黛玉去見兩個舅舅。時賈赦之妻邢氏忙亦起身，笑回道：『我帶了外甥女過去，倒也便宜。』蒙側：以黛玉之來去候安之便，便將榮、寧二府的氣派（原作勢排），描寫盡矣。賈母笑道：『正是呢，你也去罷，不必過來了。』邢氏夫人答了一個『是』字，遂帶了黛玉與王夫人作辭，大家送至穿堂前。

出了垂花門，早有衆小廝們拉過一輛翠幄青油車來，邢夫人攜了黛玉坐上，辰：未識黛卿能乘此否？衆婆娘們放下車簾，方命小廝們抬起，拉至寬處，方駕上馴騾，亦出了西角門，往東過榮府正門，便入一黑油漆大門中，至儀門前方下來。衆小廝退出，方打起車簾，邢夫人挽了黛玉手，進入院中。黛玉度其房屋院宇，必是榮府中之花園隔斷過來的。黛玉之心機眼力。進入三層儀門，果見正房廂廡游廊，悉皆小巧別致，不似方才那邊軒峻壯麗；蒙側：分別得歷歷（原作瀝瀝），可想如見。且院中隨處之樹木山石皆有。爲大觀園伏脉。試思榮府之園今在西，後之大觀園偏寫在東，何不畏難之若此！一時進入正室，早有許多盛妝麗服之姬妾丫鬟迎着。邢夫人讓黛玉坐了，一面命人到外面書房中請賈赦。甲側：這一句都是寫賈赦，妙在全是指東擊西、打草驚蛇之筆。若看其寫一人，即作此一人看，先生便呆了！一時人來回說：『老爺說了：「連日身子不好，見了姑娘，彼此倒傷心，甲眉：余久不作此語矣，見此語未免一醒。◎追魂攝魄！暫且不忍相見。甲側：若一見時，不獨死板，且亦大失情理，亦不見此等妙文矣！◎蒙側：作者綉口錦心，見有見的親切，不見有不見的親切，直說橫講，一毫不爽。勸姑娘不要傷心想家，蒙側：亦在情理之內。跟着老太太和舅母，是同家裏一樣。姊妹們雖拙，大家一處伴着，亦可以解些煩悶。甲側：赦老亦能作此語。嘆嘆！或有委屈之處，祇管說得，不要外道才是。」』黛玉忙站起來，一一聽了。再坐一刻，便告辭。

邢夫人苦留吃過晚飯去，黛玉笑回道：『舅母愛恤賜飯，原不應辭，祇是還要過去拜見二舅舅，恐領賜去不恭，甲側：得體。◎蒙側：黛玉之爲人，必當有如此身份。异日再領，未為不可。望舅母容諒。』邢夫人聽說，笑道：『這倒是了。』遂令兩三個嬷嬷用方才的車好好送了過去。于是黛玉告辭。邢夫人送至儀門前，又囑咐了衆人幾句，蒙側：『又囑咐了衆人（原無）幾句』，方是舅母的本等。眼看着車去了方回來。

一時黛玉進入榮府，下了車。衆嬷嬷引着，便轉彎穿過一個東西的穿堂，這一個穿堂是賈母正房之南者，鳳姐處所通者則是賈母正房之北。向南，大廳之後儀門內大院落，上房五間大正房，兩邊廂房鹿頂耳房鑽山，四通八達，軒昂壯麗，比賈母處不同。黛玉方知這便是正緊正內室，一條大甬路，直接出大門的。

進入堂屋中，抬頭迎面先看見一個赤金九龍青地大匾，上寫着鬥大三個字，是『榮禧堂』，蒙側：真是榮國府。後有一行小字，是『某年月日，書賜榮國公賈源』，又有『萬歲宸翰之寶』。大紫檀雕螭案上，設着三尺來高青綠古銅鼎，懸着待漏隨朝墨龍大畫，一邊是金蜼彝，（甲側：蜼音壘，周器也。）一邊是玻璃盒。（甲側：盒音海。盛酒之大器也。）地下兩溜十六張楠木交椅，又有一副對聯，乃是烏木聯牌，鑲着鏨銀字迹，（甲側：雅而麗，富而文。）道是：

座上珠璣昭〔六〕日月　堂前黼黻焕雲霞（實襯。）

下面一行小字，道是：『同鄉世教弟勛襲東安郡王穆蒔拜手書』。（先虛陪一筆。）

原來王夫人時常居坐宴息，亦不在正室，在東邊的三間耳房內。（甲側：黛玉由正室一段而來，是爲拜見政老耳，故進東房。若見王夫人，直寫引至東小正室內矣。）于是老嬤嬤引黛玉進東房門來。臨窗大炕上猩紅洋罽，正面設着大紅金錢蟒靠背，石青金錢蟒引枕，秋香色金錢蟒大條褥。兩邊設一對梅花式洋漆小幾。左邊幾上，文王鼎，匙箸香盒；右邊幾上汝窰美人觚——內插着時鮮花卉，并茗碗唾壺等物。地下面西一溜四張椅上，都搭着銀紅灑花椅披，底下四副腳踏。椅之兩邊，也有一對高幾，幾上茗碗瓶花俱備。其餘陳設，自不必細說。（此不過略叙榮府家常之禮數，特使黛玉一識階級座次耳，餘則繁。）老嬤嬤們讓黛玉炕上坐。炕沿上卻也有兩個錦褥對設，黛玉度其位次，便不上炕，衹向東邊椅上坐了。（寫黛玉心意。）本房內丫鬟們忙捧上茶來。黛玉一面吃茶，一面打量這些丫鬟們，（蒙側：借黛玉眼寫三等使婢。）妝飾衣裙，舉止行動，果亦與別家不同。

茶未吃了，衹見一個穿紅綾襖、青緞掐牙背心的〔七〕丫鬟走來，（甲側：金乎？玉乎？）笑說道：『太太說，請林姑娘到那邊坐罷！』蒙側：喚去見，方是舅母，方是大家風範。老嬷嬷聽了，于是又引黛玉出來，到了東廊三間小正房内。正面炕上横着一張炕桌，桌上堆着書籍茶具。甲側：傷心筆！墮泪筆！靠東壁面西，設着青緞靠背引枕。王夫人卻在西邊下首，亦是青緞靠背坐褥。見黛玉來了，便往東讓。黛玉料定是賈政之位。寫黛玉心到眼到，但雲『爲賈府叙座位』，豈不可笑？因見挨炕一溜三張椅子上，也搭着半舊彈墨椅袱，甲眉：又如人嘲作詩者，亦往往愛説富麗話，故有『脛骨變成金玳瑁，眼睛嵌作碧琉璃（原作璃琉）』之誚。余自是評《石頭記》，非鄙薄前人也。◎三字有神。此處則一色舊的，可知前正室中亦非家常之用度也。可笑近今小説中，不論何處，則曰商彝周鼎、綉幃珠簾、孔雀屏、芙蓉褥等樣字眼。近聞一俗笑語雲：一莊家人進京，回家衆人問曰：『你進京去，可見些世面否？』莊人曰：『連皇帝老爺都見了。』衆罕然問曰：『皇帝如何景況？』莊人曰：『皇帝左手拿一金元寶，右手拿一銀元寶，馬上捎一口袋人參，行動人參不離口。一時要屙屎，連擦屁股都是鵝黄綾子，所以京中連掏毛厠的人都富貴無比。』試思俗稗官用富貴字眼者，悉皆莊農之一流也。蓋彼實未身經目睹，所言皆在情理之外焉。又如人嘲作詩者，亦往往愛説富麗話，故有『脛骨便成金玳瑁，眼睛變作碧琉璃』之誚。黛玉便向椅上坐了。王夫人再四攜他上炕坐，他方挨王夫人坐了。王夫人因説：『你舅舅今日齋戒去了，點綴宦途。再見罷。甲側：赦老不見，又寫政老。政老又不能見，是『重不見重，犯不見犯』。作者慣用此等章法。衹是有一句話囑咐你：你三個姊妹，倒都極好，以後一處念書、認字、學針綫，或是偶一玩笑，都有盡讓的。但我不放心的，最是一件：蒙側：王夫人囑咐與邢夫人囑咐，似同而（原作的）迥異。兒女累心，我欲代伊哭訴一回（原作面）愁苦。我有一個孽根禍胎，甲側：四字是血泪盈面，不得已無奈何而下！四字是作者痛哭！是這家裏的「混世魔王」，甲側：與（原作占）『絳洞花主』爲對看。今日因廟裏還願去了，甲側：是富貴公子。尚未回來，晚間你看見便知了。你衹以後不要睬他，你這些姊妹都不敢沾惹他的。』

黛玉亦常聽得母親說過，蒙側：亦（原作有）曾聽得，所以聞言便知，不必用心搜求了。二舅母生的有個表兄，乃銜玉而誕，頑劣异常，與甄家子恰對。極惡讀書，甲側：是極惡每日『詩云』『子曰』的讀書。◎甲眉：這是一段反襯章法。黛玉心思（原無），用猜度蠢物等句對看（原作去），方不失作者本旨。最喜在內闈廝混；外祖母又極溺愛，無人敢管。今見王夫人如此說，便知說的是這表兄了。因賠笑道：『舅母說的，可是銜玉所生的這位哥哥？在家時亦曾聽見母親常說，這位哥哥比我大一歲，小名就喚寶玉，雖極憨玩，在姊妹情中極好的。甲側：以黛玉道寶玉名，方不失正文。『雖』字是有情字。宿根而發，勿得泛泛看過。◎蒙側：黛玉口中心中早如（原作中）此。況我來了，自然衹和姊妹一處，兄弟們自是別院另室的，甲側：又登開一筆。妙，妙！◎蒙側：用黛玉反襯一句，更有深味。豈有去沾惹之理？』王夫人笑道：『你不知道原故：他與別人不同，自幼因老太太疼愛，原系同姊妹們一處嬌養慣了的。甲側：此一筆收回，是明通部同處原委也。若姊妹們不理他，他倒還安靜些，縱然他沒趣，不過出了二門，背地裏拿着他的兩三個小子出氣，咕唧一會子就完了。甲側：這可是寶玉本性真情。前四十九字迴异之批，今始方知：蓋小人口碑累累如是。是是非非任爾口角，大都皆然。若這一日姊妹們和他多說一句話，他心裏一樂，便生出多少事來。所以囑咐你別睬他。他嘴裏一時甜言蜜語，一時有天無日，一時又瘋瘋傻傻，衹休信他。』黛玉一一都答應着。蒙側：客居之苦，在有意無意中寫來。◎不寫黛玉眼中之寶玉，却先寫黛玉心中已早有寶玉矣，幻妙之至！自（冷子興）口中之後，余已極思欲一見，及今尚未得見，狡猾之至！

祇見一個丫鬟來回：『老太太那裏傳晚飯了。』王夫人忙攜黛玉，從後房門，（後房門。）由後廊往西，（是正房後廊也。）出了角門，（這是正房後西界墻角門。）是一條南北寬過道。南邊是倒座三間抱廈廳，北邊立着一個粉油大影壁，後有一半大門，小小一所房室。王夫人笑指向黛玉道：『這是你鳳姐姐的屋子，（蒙側：靈活，無一漏空。）回來你好往這裏找他來，少什麼東西，你祇管和他說就是了。』這院門上也有（甲側：二字是他處不寫之寫也。）四五個才總角的小廝垂手侍立。

王夫人遂攜黛玉，穿過一個東西穿堂，（這是賈母正室後之穿堂也，與前穿堂是一帶之屋。中一帶乃賈母之下室也。記清！）便是賈母的後院了。（寫得清。一絲不錯。）于是進入後房門，已有多人在此伺候，見王夫人來了，方安桌椅。（不是待王夫人用膳，是恐使王夫人有失侍膳之禮耳。）賈珠之妻李氏捧飯，熙鳳安箸，王夫人進羹。（蒙側：大人家規矩禮法。）賈母正面榻上獨坐，兩邊四張空椅，熙鳳忙拉了黛玉在左邊第一張椅上坐了，黛玉十分推讓。賈母笑道：『你舅母和嫂子們不在這裏吃飯。你是客，原應如此坐的。』黛玉方告了座，坐了。賈母命王夫人坐了。迎春姊妹三個告了座，方上來。迎春便坐右手第一，探春左第二，惜春右第二。旁邊丫鬟執着拂塵、漱盂、巾帕。李、鳳二人立于案旁布讓。外間伺候之〔八〕媳婦丫鬟雖多，卻連一聲咳嗽不聞。

寂然飯畢，各有丫鬟用小茶盤捧上茶來。（蒙側：作者非身履其境過，不能如此細密完足。）當日林如海教女以惜福養身，雲飯後務待飯粒咽完，過一時再吃茶，方不傷脾胃。夾寫如海一派書氣，最妙！今黛玉見了這許多事情不合家中之式，不得不隨的，少不得一一改過來，蒙側：幼而學、壯而行者，常情。有不得已，行權達變，多至于失守者。亦千古同（原作用）慨，誠可悲夫！因而接了茶。早見人又捧過漱盂來，黛玉也照樣漱了口。然後，盥手畢，又捧上茶來，這方是吃的茶。總寫黛玉以後之事，故祇以此一件小事略爲一表也。余看至此，故想日前所聞王敦初尚公主，登厠時不知塞鼻用棗，敦輒取而啖之，必爲宮人鄙誚多矣。若黛玉不漱此茶，或飲一口，不爲榮婢所誚乎？觀此則知黛玉平生之心思過人。

賈母便說：『你們去罷！讓我們自在說話兒。』王夫人聽了，忙起身，又說了兩句閑話，方引李、鳳二人去了。賈母因問黛玉念何書，黛玉道：『祇剛念了《四書》。』好極！稗官專用『腹隱五車書』等語。黛玉又問姊妹們讀何書。賈母道：『讀的是什麼書，不過是認得兩個字，不〔九〕是睜眼瞎子罷了！』

一語未了，祇聽院外一陣〔十〕腳步響，甲側：與阿鳳之來，相映而不相犯。丫鬟進來笑道：『寶玉來了！』蒙側：形（原作刑）容出嬌（原作姣）養神情（原無）。◎余爲一樂。黛玉心中正疑惑着：『這個寶玉，不知怎生個憊懶人物，懵懂頑童？甲側：文字不反，不見正文之妙。似此，應從《國策》得來。倒不見那蠢物也罷了。』蒙側：從黛玉口中故反一句，則下（原作不）文更覺生色。◎這蠢物却不是那蠢物，却有個極蠢之物相待，妙哩！心中正想着，忽見丫鬟話未報完，已進來了一個年輕的〔十一〕公子：頭上戴着束發紫金冠，齊眉勒着二龍搶珠金抹額；穿一件二色金百蝶穿花大紅箭袖，束着五彩絲攢花結長穗宮縧，外罩石青起花八團倭緞排穗褂；登着青緞粉底小朝靴。面若中秋之月，［此非套滿月，蓋人生有面扁而青白色者，則皆可謂之秋月也。用滿月者不知此意。］色若春曉之花，［『少年色嫩不堅牢』，以及『非夭即貧』之矜語，余猶在心，今閱至此，放聲一哭。］鬢若刀裁，眉如墨畫，臉若桃瓣，睛若秋波。雖怒時而若笑，即瞋視而有情。［真真寫殺！］項上金螭瓔珞，又有一根五色絲縧，系着一塊美玉。黛玉一見，［寫寶玉祇是寶玉，寫黛玉祇是黛玉。從中用黛玉一驚，寶玉之面善等字，文氣自然籠就，要分開不得了。］便吃一大驚，［蒙側：此一驚，方見（原無）下文之留連纏綿，不爲孟（原作猛）浪，不是淫邪。◎怪甚！］心下想道：『好生奇怪，倒像在那裏見過一般，何等眼熟到如此！』［正是。想必在靈河岸上三生石畔曾見過。］祇見這寶玉向賈母請了安，賈母命：『去見你娘來！』寶玉即轉身去了。

一時回來，再看，已換了冠帶：頭上周圍一轉的短發，都結成了小辮，紅絲結束，共攢至頂中胎發，總編一根大辮，黑亮如漆，從頂至梢，一串四顆大珠，用金八寶墜腳；身上穿着銀紅灑花半舊大襖，仍舊戴着項圈、寶玉、寄名鎖、護身符等物；下面半露鬆花色灑花綾褲腿、錦邊彈墨襪、厚底大紅鞋。越顯得面如敷粉，唇若施脂（十二），轉盼多情，語言常笑。天然一段風騷，［蒙側：總是寫寶玉，總是爲下文留地步。］全在眉梢；平生萬種情思，悉堆眼角。看其外貌，最是極好，卻難知其底細。後人有《西江月》二詞，批寶玉極合，［甲眉：二詞更妙。最可厭野史『貌如潘安』『才如子建』等語。］其詞曰：

無故尋愁覓恨，有時似傻如狂。縱然（十三）生得好皮囊，腹內原來草莽。潦倒不通時務，愚頑怕讀文章。行爲偏僻性乖張，那管世人誹謗！

富貴不知樂業，貧時難耐凄涼。可憐辜負好時光，于國于家無望。天下無能第一，古今不肖無雙。寄言紈袴與膏粱：莫效此兒形狀！甲眉：末二句最要緊。祇是紈袴與膏粱，亦未必不見笑我玉卿。可知能效一二者，亦必不是蠢然紈袴矣。◎『紈袴膏粱』『此兒形狀』，有意思。當設想其像，和（原作合）寶玉之來歷同看，方不被作者愚弄。

賈母因笑道：『外客未見，就脫了衣服，還不去見你妹妹！』寶玉早已看見多了一個姊妹，便料定是林姑母之女，忙來作揖。厮見畢，歸坐。細看形容，甲眉：又從寶玉目中細寫一黛玉，直畫一美人圖。與衆各別：兩彎似蹙非蹙罥烟眉，奇眉！妙眉！奇想！妙想！一雙俊目（十四）。奇目！妙目！奇想！妙想！態生兩靨之愁，嬌襲一身之病。泪光點點，嬌喘微微。閑靜時，如姣花照水；行動處，似弱柳扶風。甲眉：至此八句，是寶玉眼中。心較比幹多一竅，甲側：此一句是寶玉心中。◎蒙側：寫黛玉，也是爲下文留地步。◎甲側：此十句定評，直抵一賦。◎更奇妙之至！多一竅固是好，然則未免偏僻了，所謂過猶不及是也。病如西子勝三分。此十句定評。不寫衣裙妝飾，正是寶玉眼中不屑之物，故不曾看見。黛玉舉止容貌，亦是寶玉眼中看，心中評；若不是寶玉，斷不知黛玉終是何等品貌。寶玉看罷，因笑道：甲側：黛玉見寶玉寫一『驚』字，寶玉見黛玉寫一『笑』字。一存于中，一發乎外，可見文于下筆，必推敲的準穩，方才用字。看他第一句是何話。『這個妹妹我曾見過的。』瘋話。與黛玉同心，却是兩樣筆墨。觀此則知玉卿心中有則說出，一毫宿滯皆無。賈母笑道：『可又是胡說，你又何曾見過他？』寶玉笑道：『雖然未曾見過他，然我看着面善，心裏就算是舊相識認，甲側：一見便作如是語，宜乎！王夫人謂之『瘋瘋傻傻』也。◎蒙側：世人得遇相好者，每日（原作曰）『一見如故』，與此一意。今日祇作遠別重逢，亦未為不可。』妙極奇語，全作如是等語焉。（難）怪人謂曰痴狂。賈母笑道：『更好，更好，甲側：作小兒語，瞞過世人亦可。若如此，更相和睦了。』亦是真話。

寶玉便走近黛玉身邊坐下，又細細打量一番，蒙側：嬌（原作姣）慣處如畫。如此親近，而黛玉之靈心巧性，能不被其縛住，反不是情（原作性）理。文從寬緩中寫來，妙！與黛玉兩次打量（原作諒）一對。因問：『妹妹可曾讀書？』自己不讀書，却問別人，妙！黛玉道：『不曾讀，祇上了一年學，些許認得幾個字。』寶玉又道：『妹妹尊名是那兩字？』黛玉便說了名。寶玉又問表字，黛玉道：『無字。』寶玉笑道：『我送妹妹一個妙字，莫若「顰顰」二字極妙。』探春便問何出。蒙側：借問難說探春，以足後文。◎寫探春。寶玉道：『《古今人物通考》上說：「西方有石名黛，可代畫眉之墨。」蒙側：黛玉之淚因寶玉，而寶玉贈曰『顰顰』，初見時已（原作亦）定盟矣。況這林妹妹眉尖若蹙，用取這兩個字，豈不兩妙！』探春笑道：『祇恐又是你的杜撰。』寶玉笑道：『除《四書》外，杜撰的太多，偏祇我是杜撰不成？』如是等語，焉得怪彼世人謂之怪。祇瞞不過批書人。又問黛玉：『可也有玉無有？』奇極！怪極！痴極！愚極！焉得怪人目爲痴哉？衆人不解其語，黛玉便忖度着：『因他有玉，故問我有也無，奇之至極，又忽將黛玉寫成一極痴女子。觀此初會二人之心，則可知以後之事矣。因答道：『我沒有那個。想來那玉亦是一件罕物，豈能人人有的。』寶玉聽了，登時發作起痴狂病來，摘下那玉，就狠摔去，（甲側：試問石兄，此一摔，比在青埂（原作峯）峰下蕭然坦卧，何如？）罵道：『什麼罕物，連人之高低不擇，還說「通靈」不「通靈」呢！我也不要這勞什古子了！』嚇得地下衆人一擁，爭去拾玉。賈母急的摟了寶玉道：『孽障！（如聞其聲。恨極語，却是疼極語。）你生氣，要打罵人容易，何苦摔那命根子！』（一字一千斤。）寶玉滿面泪痕，哭道：（千奇百奇！不寫黛玉泣，反寫寶玉泪。）『家裏姊姊妹妹都無有，（蒙側：不是寫寶玉狂，亦（原作下）不是寫賈母疼，總是要下種在黛玉心中，則下文寫黛玉之近寶玉之由。作者苦心，妙，妙！）單我有，我說無趣；如今來了一個神仙似的妹妹，也無有，可知這不是個好東西。』（甲側：『不是冤家不聚頭』，第一場也。）賈母忙哄他道：『你這妹妹，原有這個來的，因你姑媽去世時，捨不得你妹妹，無法可處，遂將他的玉帶了去：一則權當殉葬之禮，盡你妹妹的孝心；二則你姑媽之靈，亦可收作常得見女之意。因此他衹說無有，這個不便自己誇張之意。（蒙側：不如此說，則不爲嬌（原作姣）養。文筆（原無）靈活之至！）你如今怎比得他？還不好生慎重戴上，仔細你娘知道了。』說着，便向丫鬟手中接來，親與他戴上。寶玉聽如此說，想一想，竟大有情理，也就不生別論了。（所謂小兒易哄。余則謂：『君子可欺以其方』雲。）

當下，奶娘來問黛玉之房舍。賈母便說：『今將寶玉挪出來，同我在套間暖閣裏，把你林姑娘暫安碧紗櫥裏。（蒙側：女死，外孫女來，不得不令其近己。移疼女兒之心，疼外孫女者，當然。）等過了春天，再與他們收拾房屋，另作一番安置罷。』寶玉道：『好祖宗，跳出一小兒。我就在碧紗櫥外的床上很妥當，何必又出來，鬧的老祖宗不得安靜。』賈母想了一想說：『也罷了。每人一個奶娘，蒙側：小兒不禁，情事無違，下筆運用有法。并一個丫頭照管，餘者在外間上夜聽喚。』一面早有熙鳳命人送了一頂藕色花帳，并幾件錦被緞褥之類。

黛玉祇帶了兩個人來：一個是自己奶娘王嬷嬷，一個是十歲的小丫頭，亦是自幼隨身的，名喚雪雁。新雅不落套，是黛玉之文章也。賈母見雪雁甚小，一團孩氣，王嬷嬷又極老，料黛玉皆不遂心省力的，便將自己身邊一個二等丫頭，名喚鸚哥者，妙極！此等名號方是賈母之文章。最厭近之小說，不論何處，滿紙皆是紅娘、小玉、嫣紅、香翠等俗字。與了黛玉外，亦照〔十五〕迎春等例，每人除自幼乳母外，另有四個教引嬷嬷，除貼身掌管釵釧、盥沐兩個丫鬟外，另有五六個灑掃房屋、來往使喚的小丫頭。當下，王嬷嬷與鸚哥陪侍黛玉在碧紗櫥內。寶玉之乳母李嬷嬷，并大丫鬟名喚襲人者，奇名新名，必有所出。陪侍在外大床上。

原來這襲人亦是賈母之婢，本名珍珠。蒙側：襲人之情性，不得不點染明白者，爲後日歸案。◎亦是賈母之文章。前鸚哥已伏下一鴛鴦，今珍珠又伏下一琥珀矣。以下乃寶玉之文章。賈母因溺愛寶玉，蒙側：賈母愛孫，錫以善人，此誠爲能愛人者，非世俗之愛也。生恐寶玉之婢無竭力盡忠之心，素喜襲人心地純良，肯盡職任，遂與了寶玉。寶玉因知他本姓花，又曾見舊人詩句上有『花氣襲人』之句，遂回明賈母，即更名襲人。這襲人亦有些痴處：蒙側：世人有職任的，能如襲人，則天下幸甚。◎祇如（原作知）此寫又極好。最厭近今小說中，『千伶百俐』，『這妮子亦通文墨』等語。伏侍賈母時，心中眼中祇有一個賈母；今與了寶玉，心中眼中祇有一個寶玉。祇因寶玉情性乖僻，每每規諫，寶玉不聽，心中着實憂鬱。（蒙側：我讀至此，不覺放聲大哭。）

是晚，寶玉、李媽媽已睡了，他見裏面黛玉和鸚哥猶未安歇，他自在卸了妝，悄悄地進來，笑問：『姑娘怎還不安歇？』黛玉忙笑讓道：『姐姐請坐。』襲人在床沿上坐了。鸚哥笑道：『林姑娘正在傷心，自己淌眼抹泪的，（甲側：可知前批不謬。◎黛玉第一次哭却如此。）說：「今兒才來了，就惹出你家哥兒的狂病來，倘或摔壞了那玉，豈不是因我之過！」（蒙側：我也心疼，豈獨顰顰！◎甲側：所謂寶玉『知己』。全用體貼功夫。）因此便傷心，（甲眉：前文反明寫寶玉之哭，今却反如此寫黛玉，幾被作者瞞過。這是第一次算還，不知下剩還該多少？）我好容易勸好了。』襲人道：『快休如此，將來祇怕比這個更奇怪的笑話兒還有呢！若為他這種行止，你多心傷感，祇怕傷感不了呢。（蒙側：後百十回黛玉之泪，總不能出此二語。）快別多心！』（蒙側：『月上窗紗人到階，窗上影兒先進來。』筆未到而境（原作竟）先到矣。◎辰：應知此非傷感，來還甘露水也。）黛玉道：『姐姐們說的，我記着就是了。究竟不知那玉是怎麼個來歷？上頭還有字迹？』襲人道：『連一家子也不知來歷。聽得說，落草時從他口裏掏出，（蒙側：天生帶來美玉，有現成可穿之眼，豈不可愛，豈不可惜！）上面有現成穿眼。（癩僧幻術亦大奇矣！）讓我拿來你看便知。』黛玉忙止道：『罷了！此刻夜深了，明日再看不遲。』（甲側：總是體貼，不肯多事。◎蒙側：他天生帶來的美玉，他自己不愛惜，遇知己替他愛惜，連我看書的人也着實心疼不了，不覺背人一哭，以謝作者。）大家又叙了一會，方才安歇。

次早起來，省過賈母，因往王夫人處來，正值王夫人與熙鳳在一處拆金陵來的書信看。又王夫人之兄嫂處遣了兩個媳婦來說話的。黛玉雖不知原委，探春等卻都曉得，是議論金陵城中所居的薛家姨母之子，姨表兄薛蟠，倚仗勢力，打死人命，現在應天府案下審理。蒙側：作者每用牽前摇後之筆。如今母舅王子騰得了信息，故遣人來告訴這邊，意欲喚取進京之意。蒙側：接下文。且聽下回分解。

總評

補不完的是離恨天，所餘之石，豈非離恨石乎？而絳珠之泪，偏不因離恨而落，爲惜其石而落。可見惜其石，必惜其人。其人不自惜，而知己能不千方百計爲之惜乎？所以絳珠之泪，至死不幹，萬苦不怨，所謂『求仁而得仁，又何怨』，悲夫！

校記

〔一〕甲戌本回目爲：『金陵城起復賈雨村，榮國府收養林黛玉』。在『收養』處，有側批曰：『二字觸目凄凉之至！』

〔二〕原文無『向』字，據庚辰本補。

〔三〕此處的『是』字，原文爲『一』，據蒙府本改。

〔四〕『黛玉答道：「十三歲了。」又問道』句，據己卯本補。

〔五〕此處的『老婆婆』，原文爲『老婆』。蒙府本爲『老嬷嬷』，校者參照此，增一『婆』字。

〔六〕此處的『昭』字，原文爲『照』，據庚辰本改。

〔七〕此處的『青緞掐牙背心的』數字，原文爲『青緞掐牙背心一個』，據蒙府本改。

〔八〕此處的『之』字，原文爲『着』，據庚辰本改。

〔九〕原文無『黛玉又問姊妹們讀何書，賈母道：「讀的是什麼書，不過是認得兩個字，不……」』句，據庚辰本補。

〔十〕此處的『陣』字，原文爲『聲』，據蒙府本改。

〔十一〕此處的『年輕的』三字，原文爲『輕年』，據庚辰本改。

〔十二〕此處的『面如敷粉，唇若施脂』句，原文爲『面如團粉施脂』，據庚辰本改。

〔十三〕此處的『縱然』二字，原文爲『總然』，據己卯本改。

〔十四〕此句甲辰本爲：『一雙似喜非喜含情目』；庚辰本爲：『一對多情杏眼』；列藏本改爲『一雙似泣非泣含露目』。

〔十五〕此處的『照』字，原文無，據蒙府本補。

第四回 薄命女偏逢薄命郎 葫蘆僧亂判葫蘆案

【回前】陰陽交結變無倫，幻境生時即是真。秋月春花誰不見，朝晴暮雨自何因。心肝一點勞牽戀，可意偏長遇喜嗔。我愛世緣隨分定，至誠相感作痴人。

請君着眼護官符，把筆悲傷說世途。作者淚痕同我淚，燕山仍舊竇公無。

題曰：

捐軀報國恩，未報身猶在。

眼底物多情，君恩或可待〔一〕。

卻說黛玉同姊妹們至王夫人處，見王夫人與兄嫂計議家務，又說姨母家遭了人命官司等語。蒙側：又來一位，寶釵將出現矣。因見王夫人事情冗雜，姊妹們遂出來，至寡嫂李氏房中來了。蒙側：慢慢度入法。

原來這李氏即賈珠之妻。甲側：起筆寫薛家事，他偏寫宮裁（原作哉），是結黛玉，明李紈本末，又在人意料之外。珠雖夭亡，幸存一子，取名賈蘭，今方五歲，已入學攻書。這李氏亦系金陵名宦之女，父名李守中，甲側：妙！蓋云人能『以理自守』，安得爲情所陷哉！曾為國子監祭酒，族中男女無有不誦詩讀書。甲側：未出李紈，先伏下李紋、李綺。至守中承繼以來，便說『女子無才便有德』，甲側：『有』字改得好。◎蒙側：確論。故生了李氏，便不十分令其讀書，祇不過將些《女四書》《列女傳》《賢媛集》等三四種書，使他認得幾個字，記得前朝幾個賢女事迹便罷了，卻祇以紡績井臼為要，取名李紈，字宮裁。甲側：一洗小說窠（原作巢）臼俱盡，且命名字，亦不見『紅』『香』『翠』『玉』惡俗。因此這李紈雖青春喪偶，且居處于膏粱錦綉之中，竟如槁木死灰一般，甲側：此時處此境，最能越理生事，彼竟不然，實罕見者。◎蒙側：反有此等文章。一概無聞無見，惟知侍親養子，外則陪侍小姑等針黹誦讀而已。甲側：一段敘出李紈，不犯熙鳳。◎蒙側：此中不得不有如此人（原作又）。天地覆載，何物不有？而才子手中，亦何物不有？今黛玉雖客寄于此，終日有這般姑嫂相伴，除老父外，餘者也就毋庸慮及了。甲側：仍是從黛玉身寫來，以上了結住黛玉，復找前文。

如今且說賈雨村。因補授了應天府，一下馬就有一件人命官司，詳至案下，蒙側：非雨村難以了結此案。乃是兩家爭買一婢，各不相讓，以至毆傷人命。彼時雨村即傳原告之人來審。那原告道：『被毆死者乃小人之主人。因那日買了一個丫頭，不想是拐子所拐來賣的。這拐子先已得了我家的銀子，我家小爺原說，第三日方是好日子，再接入門。甲側：所謂『遲則有變』，往往世人因不經之談，誤却大事。這拐子便又悄悄賣與薛家，被我們知道了，去找拿賣主，奪取這丫頭。無奈薛家原系金陵一霸，倚財仗勢，衆豪奴將小人的蒙側：一派世境惡習活現。主人竟打死了。凶身主僕已皆逃走，無影無迹，祇剩得幾個局外之人。小人告了一年的狀，竟無人做主。蒙側：悲夫！千古世情，不過如此。望大老爺拘拿凶犯，翦惡除凶，以救孤寡，死者感戴天地之恩不盡！』

雨村聽了，大怒道：蒙側：偏能用『反疊（原作跌）』法。『豈有此放屁的事！打死人命，竟白白走了，再拿不來的？』因發簽差公人立刻將凶犯族人拿來拷問，令他們實供藏在何處；一面再動海捕文書。正要發簽時，祇見案邊立的一門子使眼色兒——不令他發簽之意。雨村心下甚為怪异，甲側：原可疑怪，余亦疑怪。◎蒙側：請看文字遞（原作第）出遞轉，閑中皆是要筆。祇得停了手，即時退堂，至密室，使從人皆出，祇留門子一人伏侍。這門子忙上前請安，笑問：『老爺一向加官進祿，八九年來便忘了我了？』甲側：語氣傲慢。怪甚！◎蒙側：似閑語，是要人。雨村道：『却十分面善，却一時想不起來。』那門子笑道：『老爺真是貴人多忘事，把出身之地竟忘了，甲側：剎心語！自招其禍，亦因誇能恃才也。不記當年葫蘆廟裏之事了？』雨村聽罷，如雷震一驚，甲側：余亦一驚，但不知門子何知，尤爲怪甚。方想起往事。原來這門子，本是葫蘆廟内一個小沙彌，因被火之後，無處安身，欲投別廟去修行，又耐不了清冷景況，因想這件生意倒還輕省熱鬧，甲側：新鮮字眼。遂趁年紀蓄了發，充了門子。甲側：一路奇奇怪怪，調侃世人，總在人意臆之外。一時間雨村那裏辨得是他，便忙攜手笑道：『原來是故人。』甲側：妙稱！全是假態。又讓坐了好談。甲側：假極！這門子不敢坐。雨村笑道：『貧賤之交不可忘。甲側：全是奸險小人態度，活現活跳。你我故人也；二則此系私室，蒙側：如此親近，其先必有故事。既欲長談，豈有不坐之理？』這門子聽説，方告了座，斜簽坐了。

雨村便問：『方才何故不令發簽？』這門子道：『老爺既榮任這一省，難道沒抄一張本省的「護官符」甲側：可對『聚寶盆』。一笑！三字從來未見，奇之至！來不成？』雨村忙問：『何為「護官符」？我竟不知。』甲側：余亦欲問。門子道：『這還了得！連這個不知，怎能作得長遠(二)！甲側：罵得爽快。◎蒙側：真是警世之言。使我看之，不知要哭要笑。如今凡作地方官者，皆有一個私單，上面寫的是本省最有權、有勢、極貴大鄉紳的名姓，各省皆然；倘若不知，一時觸犯了這樣人家，不但官爵，連性命還保不成呢！甲側：可憐可嘆，可恨可氣，變作一把眼泪也。◎蒙側：快論！請問其言是乎？否乎？所以綽號叫作「護官符」。甲側：奇甚趣甚，如何想來！方才所説的這薛家，老爺如何惹得他！這一件官司并無難斷之處，皆因都礙着情分臉面，所以如此。』一面説，一面從順袋中取出一張抄寫的『護官符』來，遞與雨村。看時，皆是本地大族名宦之家的俗諺口碑。其口碑排寫明白，下面皆注着始祖官爵并房次，雲：甲側：忙中閑筆。用得好！◎蒙側：可憐伊等始祖。此等人家，豈必欺霸方始成名耶？總因子弟不肖，招接匪人，一朝生事則百計營求，父爲子隱，群小迎合，雖暫時不罹禍網，而從此放膽，必破家滅族不已。哀哉！

賈不假，白玉爲堂金作馬。寧國、榮國二公之後，共二十房分，除寧、榮親派八房在都外，現原籍住者十二房。

阿房宫，三百裏，住不下金陵一個史。保齡侯尚書令史公之後，房分共二十，都中現住十房，原籍十房。

東海缺少白玉床，龍王來請金陵王。都太尉統制縣伯王公之後，共十二房，都中二房，餘在籍。

豐年好〔三〕大雪，甲：隱『薛』字。珍珠〔四〕如土金如鐵。紫薇舍人薛公之後，現領内庫帑銀行商，共八房。

……

雨村猶未看完，甲眉：妙極！若祇有此四家，則死板不活；若再有兩家，又覺累贅，故如此斷法。忽聞傳點，人報：『王老爺來拜。』雨村聽説，忙具衣冠出去迎接。甲側：『横雲斷嶺』法，是板定大章法。有頓飯工夫，方回來細問。這門子道：『四家皆連絡有親，一損皆損，一榮俱榮，扶持遮飾，皆有照應的。甲側：早爲下半部伏根。◎蒙側：此四家不相爲結親，則無門當户對者，亦理勢之必然。既結親之後，豈不照應，又人情之不可無。才告打死人之薛，就系「豐年大雪」之「薛」〔五〕也。不單靠這三家，他的世友親戚，在都在外者，本自不少。老爺如今拿誰去？』雨村聽如此説，便笑問道：『據你這樣説來，卻怎麼了結此案？你大約也深知這凶犯躲去的方向了?』

門子笑道:『不瞞老爺說,不但凶犯逃躲的方向,我已知道;并這拐賣之人,甲側:斯何人也!我也知道;死鬼買主,也深知道。待我細細說與老爺聽:蒙側:放膽一說,毫無避忌。世態人情,被門子參(原作慘)透了。這個被打之人,乃是本地一個小鄉宦之子,名喚馮淵。甲側:真真是『冤孽相逢』!自幼父母早亡,又無兄弟,祇他一個,守着些薄產過日。蒙側:我爲幼而失父母者一哭。長到十八九歲上,酷愛男風,不喜女色。甲側:最厭女子,仍爲女子喪生,是何等大筆!不是寫馮淵,正是寫英蓮。這也是前生冤孽,可巧的遇見這拐子賣丫頭,他便一眼看上了這丫頭,甲側:善善惡惡,多從『可巧』而來,可畏可怕!定要買來作妾,立誓再不交結男子,甲側:諺雲:『人若改常,非病即亡』。信有之乎!也再不娶第二個了,甲側:虛寫一個情種。◎蒙側:也是幻中情魔。所以三日後方過門。誰知道這拐子又偷賣與了薛家。蒙側:一定情即了結,請問是幻不是?點醒『幻』字。人皆不醒。我今日看了,批了,仍也是不醒。他意欲捲了兩家的銀子,再逃往他鄉去。誰知又不曾走脫。兩家拿住,打了個臭死,都不肯收銀,祇要領人。那薛家公子豈肯讓人的!便喝着手下人一打,把個馮公子打了個稀爛,蒙側:有情反是無情。抬回家去三日死了。這薛公子,原是早已擇定日子上京去的,頭起身二日前,偶然見了這丫頭,欲買了就進京的,誰知鬧出事來。既打了馮公子,奪了丫頭,他便沒事人一般,祇管帶了家眷走他的路。他這裏自有兄弟奴僕在此料理,并不為此些微小事,值得他一逃。甲側:妙極!人命視爲些微小事,總是刻畫阿呆耳。這且別說,老爺你道這被賣的丫頭是誰？』甲側：問得又怪。雨村笑道：『我如何得知？』門子冷笑道：『這人算來還是老爺大恩人呢！蒙側：當心一脚！請看後文，并無蹤動。他就是葫蘆廟旁住的甄老爺的女兒，小名英蓮的。』甲側：至此一醒。雨村駭然道：『原來就是他！聞得養至五歲被人拐去，卻如今才來賣呢？』蒙側：『聞得』祇說一層（原作曾），并無言及要姣杏自道之語。非作者忘懷，欲寫世態，故作幻筆。

門子道：『這種拐子單管偷拐五六歲的兒女，養在一個僻靜之處，到十一二歲時，度其容貌，帶至他鄉轉賣。當日他這英蓮，我們天天哄他玩耍；雖隔了七八年，如今十二三歲的光景，其模樣雖然出脫得齊整，然大概自是不改，熟人易認。況他眉心中原有米粒大的一點胭脂痣，甲側：寶釵之熱，黛玉之怯，悉從胎中帶來。今英蓮有痣，其人可知矣。從胎裏帶來的，所以我卻認得。偏生這拐子又租了我的房舍居住。作者要說容貌勢力，要說情，要說幻，又要說小人之居心，豪强之托大，了結前文舊案，鋪設後文根基，點明英蓮，收叙寶釵等項諸事；祇借先之沙彌、今日門子之口層層叙來。真是大悲菩薩，千手千眼一時轉動，毫無遺漏（原作露）。可見具大光明者，故無難事。誠然。那日拐子不在家，我也曾問他。他是被拐子打怕了的，萬不敢說，甲側：可憐！◎蒙側：世家子女至此，可想見先世亦必有如薛公子者。祇說：拐子是他親爺，因無錢償債，故賣他。我又哄之再四，他又哭了，蒙側：寫其心機，總爲後文。說：「我原不記得小時之事！」這可無疑了。那日馮公子相看了，兒了銀子，拐子醉了，他自己嘆道：「我今日罪孽可滿了！」蒙側：天下英雄，失足匪人，偶得機會可以跳出者，與英蓮同聲一哭！後聽得馮公子三日才令過門，他反轉有憂愁之態。我又不忍其形景，等拐子出去，命內人解釋他：「這馮公子必待好日期來接，可知必不以丫鬟相看。況他是絕風流之人品，家裏又過得，素習最又厭惡堂客，今竟破價買你，後事不言可知。祇耐得兩三日，何必憂悶！」蒙側：良人者，所望而終身也。他聽如此說，方才略解些，自以為從此得所。誰料天下竟有這等不如意事，甲側：可憐，真可憐！一篇《薄命賦》，特出英蓮。◎蒙側：天下同患難者，同來一哭！◎靖眉：批書親見。一篇《薄命賦》，特出英蓮。第二日，他偏又賣與薛家了。若賣與第二個人還好，這薛公子諢名人稱「呆霸王」，最是天下頭一個愛弄性的，且使錢如土，甲側：『世路難行錢作馬』。◎蒙側：『使錢如土』，方能稱霸王。打了個落花流水，生拖死拽，把個英蓮拖去，如今也不知死活。甲側：爲英蓮留後步。這馮公子空喜一場，一念未遂，反花了錢，送了命〔六〕，豈不可嘆！』甲眉：又一首《薄命嘆》。英、馮二人一段小悲歡幻景，從葫蘆僧口中補出，省却閑文之法也。所謂『美中不足，好事多魔』，先用馮淵作一開路之人。

雨村聽了，嘆道：『這也是他們孽障遭遇，亦非偶然。不然這馮淵如何偏祇看準了這英蓮？這英蓮〔七〕受了拐子數年折磨，才得個頭路，且又是多情的，若能聚合了，倒是一件美事，偏又生出這段事來。蒙側：馮淵之事之人，是英蓮之幻景中之痴情人。薛家縱比馮家有錢，想其為人，自然姬妾衆多，未必及馮淵之定情于一人。這正是：夢幻情緣，蒙側：點明白了，直入本題。恰遇一對薄命兒女！甲眉：使雨村一評，方補足上半回之題目。所謂此書有『繁處愈繁，省中愈（原文没有中）省』；又有『不怕繁中繁，祇要繁中虛；不畏省中省，祇要省中實』。此則『省中實』也。且不要議論他，祇目今這官司，如何判斷才好？』門子笑道：『老爺當年何其明，今日何反成了個沒主意的人了！（蒙側：利欲熏心，必致如此。）小的聞道老爺補升此任，亦系賈府、王府之力；此薛蟠即賈府之親。老爺何不順水行舟，作個整人情，將此案了結，日後也好見賈、王二公的面。』雨村道：『你說的何嘗不是。（甲側：可發一長嘆。這一句，已見奸雄。全是假。）但事關人命，況皇上隆恩，起復委用，（甲側：奸雄！）實是重生再造，正當殫心竭力圖報之時，（甲側：奸雄！）豈可因私而廢法？（甲側：奸雄！◎蒙側：良明不昧勢難當。）是我實不能忍為者。』（甲側：全是假。）門子冷笑道：『老爺說的何嘗不是，但祇如今世上是行不去的。豈不聞古人云：「大丈夫相時而動」，（蒙側：誤盡多少蒼生！）又曰：「趨吉避凶者為君子」。（甲側：近時錯會書意者，多多如此。）依老爺這一說，不但不能報效朝廷，亦且自身不保。（蒙側：說了來也是一團道理。）還要三思為妥！』

雨村低了半日頭，方說道：（甲側：奸雄欺人。）『依你怎麼樣？』門子道：『小人已想了一個極好主意在此：老爺明日坐堂，祇管虛張聲勢，動文書發簽拿人。原凶是自然拿不來的。原告因是定要將薛家族中及家人拿幾個來拷問。小的在暗中調停，令他們報個暴病身亡，合族及地方上共遞一張保呈。老爺祇說善能扶乩請仙，堂上設了乩壇，令軍民人等祇管來看。老爺就說：「乩仙批了，死者馮淵與薛蟠原因夙孽相逢，今狹路既遇，原應了結，薛蟠今已得了無名之病〔八〕，（甲側：『無名之癥』却是病之名。而反曰『無』。妙極！）被馮淵魂已追索去了。其禍皆由拐子某人而起，所拐之人系某鄉某姓氏，按例處治，餘不累及」等語。小人暗中囑托拐子，令其實招。衆人見乩仙批語與拐子相符，餘者自然也不虛了。薛家有的是錢，老爺斷一千也得，五百也得，與馮淵作燒埋之費。那馮家也就無甚緊要的人，不過為的是錢，見有了這銀子，想也就無話說了。老爺想想，此計如何？』雨村笑道：『不妥，不妥。甲側：奸雄欺人。等我再斟酌，或可壓伏口聲。』蒙側：一張口就是了結，真（原作其）腐臭！以『再斟酌』收結，真是不凡之筆！二人計議，天色已晚，別無甚話。

至次日坐堂，勾取一應有名姓人犯，雨村詳加審問，果見馮家人口稀疏，不過賴此欲多得些燒埋之費；甲側：用（原作因）此三四語收住，極妙！此則重重寫來，輕輕抹去也。薛家仗勢倚情，偏不相讓，故此顛倒。雨村便徇情枉法，亂判斷了此案。甲側：實注一筆，更好，不過是如此等事，又何用細寫。可謂『此書不敢幹涉朝廷廊廟』者，即此等處也，莫謂寫之不到，蓋作者立意寫閨閣尚不暇，何能又及此等哉！馮家得了許多燒埋銀子，也就無甚話說了。甲眉：蓋寶釵一家不得不細寫者。若另起頭緒，則文字死板，故仍祇借雨村一人，穿插出阿呆兄人命一事；且又帶叙出英蓮一向之行踪，并以後之歸結，是以故意戲用『葫蘆僧亂判』等字樣撰成半回，略一解頤，略一嘆世，蓋非有意譏刺仕途，實亦出人之閑文耳。◎又注馮家一筆，更妥。可見馮家正不爲人命，實賴此獲利耳。故用『亂判』二字爲題，雖曰『不涉世事』，或亦有微辭耳。但其意，實欲出寶釵，不得不做此穿插。故雲：此等皆非《石頭記》之正文。

雨村既判了此案，急忙作書二封與賈政并王子騰，甲側：隨筆帶出王家。不過說『令甥之事已完，不必過慮』。此事皆由葫蘆廟內之沙彌新門子所出，雨村誠恐他說出當日貧賤的事來，因此心中大不樂，甲側：瞧他寫雨村如此，可知雨村終不是大英雄。後來到底尋了個不是，遠遠充發了他才罷。甲側：至此了結葫蘆廟文字。又伏下千裏伏綫。起用『葫蘆』字樣，收用『葫蘆』字樣。蓋雲：一部書皆系葫蘆提之意也。此亦系寓意處。◎

蒙側：口如懸河者，當于出言時小心。◎靖眉：了結葫蘆廟（原無）文字，伏下千裏綫。『葫蘆』字樣起，蓋一部書皆系葫蘆提之意也。知乎？

當下且不說雨村，且說那買了英蓮、打死馮淵的薛公子，甲側：本是立意寫此，却不肯特起頭緒，故意設出『亂判』一段戲文，其中穿插，至此，却淡淡寫來。亦系金陵人氏，本是書香繼世之家。蒙側：爲書香人家一嘆！衹是如今這薛公子，幼年喪父，寡母又憐他是個獨根孤種，未免溺愛縱容，蒙側：受（原作愛）病處。富而且孤，自多溺愛。孟母三遷（原作邊），故（原作固）難再見。遂至老大無成；且家中有百萬之富，現領着內帑錢糧，采辦雜料。這薛公子學名薛蟠，表字文龍〔九〕，從五六歲時就是性情奢侈、言語放傲。雖也上過學，不過略識幾個字兒，甲側：這句加于老兄，却是實寫。終日惟有鬥鷄走狗，游山玩水而已。雖是皇商，一應經紀世事，全然不知，盡賴祖父舊日情分，戶部挂了虛名，支領錢糧，其餘事體，自有舊伙計、老家人等措辦。寡母王氏乃現任京營節度使王子騰之妹，與榮國府賈政的夫人王氏，是一母所生的姊妹，今年方四十上下年紀，衹有薛蟠一子。蒙側：非母溺愛，非家道殷實，非節度、榮國之至親，則不能到如此强霸。富貴者其思之。還有一女，比薛蟠小兩歲，乳名寶釵，初見。生得肌膚瑩潤，舉止嫻雅。甲側：寫寶釵衹如此。更妙！當日父親在日，令其讀書識字，較之乃兄，竟高超十倍。甲側：又衹如此寫來，更妙！自父死後，見哥哥不能依貼母懷，他便不以書字為事，衹留心針黹、家計等事，好為母親分憂解勞〔十〕。近因今上崇詩尚禮，徵采才能，降不世出隆恩，甲側：一段稱功頌德，千古小說中所無。除選聘妃嬪外，仕宦名家之女，皆親名達部，以備挑選，擇為公主、郡主之入學陪侍，充為才人、贊善之職。二則自薛翁死後，各省中所有買賣承局、總管、伙計人等，見薛蟠年輕不諳世事，便趁時拐騙起來，（蒙側：我爲創家立業者一哭。）京都中幾處生意，漸亦消耗。（蒙側：有治（原作制）人，無治（原作制）法。）薛蟠素聞得都中乃第一繁華之地，正思一游，便趁此機會，一為送妹待選，二為望親，三因親自入都，銷算舊帳，再計新支——其實，則為游覽上國風光之意。因此早已打點下行裝細軟，以及饋送親友各色土物人情等物，擇日一定起身，不想偏遇見那拐子賣英蓮。見他生得不俗，（甲側：阿呆兄亦知不俗，英蓮人品可知矣。）立意買了，又遇馮家來奪人，因恃強喝令手下豪奴將馮淵打死。他便將家中事務囑托族人并幾個老家人，他便帶了母親、妹子竟自起身長行去訖。（蒙側：破銷不顧業已（原作已）之事，業已（原作已）如此，倒（原作到）是走的妙。）人命官司，他竟視為兒戲，以為花上幾個臭錢，無有不了的。（甲側：是極！人謂薛蟠爲呆，余則謂是大徹悟。）

在路不計其日。（甲側：更妙！必雲程限，則又有落套，豈暇又記路程單哉？）那日已將入都時，忽聞得母舅王子騰升了九省統制，奉旨出都查邊。（蒙側：天下之母舅再無不教外甥以正道者。必使其升任出京，亦是留下文地步。）薛蟠心中暗喜道：『我正想，進京去有個嫡親母舅管轄，不能任意揮霍；如今卻好升出去了，可知天從人願。』（甲側：寫盡五陵心意。◎蒙側：寫不肖子弟如畫。）因和母親商議道：『咱們京中雖有幾處房舍，祇是這十來年無人進京居住，那守看的人，也難定他們不租賃與人，須得先着人去打掃收拾才好。』他母親道：『何必如此招搖！咱們這一進京，原該先拜親友，或是在你舅舅家，甲側：陪筆。或在你姨娘家。甲側：正筆。他們家的房舍極是便宜，咱們先去寄住，再慢慢的着人去收拾，豈不消停。』薛蟠道：『如今舅舅正升了外省去了，家裏自然忙亂起身，蒙側：好游蕩不要管束的子弟，慣會説此等語。咱們這工夫反一窩一塊的奔了去，豈不沒眼色些？』

他母親道：『你舅舅家雖升了去，還有你姨娘家。況這幾年來，他們常常捎書來，要咱們進京。如今既來了，你舅舅雖忙着起身，你賈家姨娘家自必苦留。咱們且忙忙收拾房屋，豈不使人見怪？甲側：閑語中補出許多前文，此畫家之『雲罩峰尖法』也。你的意思我也知道，甲側：知子莫若母（原作父）。守着舅舅、姨父處住着，未免拘束，不如你各自住着，任意施為。甲側：寡母孤兒一段，寫得逼肖（原作畢有）、逼（原無）真！◎蒙側：使（原作用爲）子不得放蕩。一逼，再收入本意。◎靖側：寡母孤兒，逼肖！逼真！既然如此，你自去挑所房子去住，我和你姨娘、姊妹們別了這幾年，卻要廝守幾日，我帶了你妹妹投你姨娘家去，甲側：薛母亦善訓子。你道好不好？』薛蟠見母親如此說，情知扭不過，蒙側：情理如真。衹得吩咐人夫，一路奔榮國府來。

那時王夫人已知薛蟠官司一事，虧賈雨村就中維持了結，才放了心。又見哥哥升了邊缺，正愁又少了娘家親戚來往，甲側：大家尚義，人情大都如（原無）是也。略加寂寞。過了幾日，忽家人傳報：『姨太太帶了哥兒、姐兒，合家進京，在外下車。』蒙側：開留住之根。喜的王夫人忙帶了女媳人等，接出大廳，將薛姨媽（十二）等接了進來。姊妹們暮年相見，自不必說悲喜交集，泣笑并見，敘闊一番。又引見了賈母，將人情土物各種酬獻了。合家俱廝見過，忙又治席接風。

薛蟠已見過賈政，賈璉又引着拜見了賈赦、賈珍等。賈政便使人上來說：『姨太太有春秋，外甥年輕，不知世路，恐有人引誘生事。咱們東北角上，梨香院甲側：好香色！一所，十來間白空着，打掃了，請姨太太和哥姐兒住了甚好。』甲眉：用政老一段，不但王夫人得體，且薛母亦免靠親之嫌。王夫人未及留，賈母也遣人來說『請姨太太就在這裏住下，大家親密些』等語。甲側：老太君口氣，得情。偏不寫王夫人留，方不死板。薛姨媽正欲同居一處，方可拘束些兒子；若另住在外，恐他縱性惹禍，蒙側：父母爲子弟處每每如此。遂連忙道謝應允。又私與王夫人說：『一應日費供給，一概免卻，甲側：作者題清，猶恐看官誤認今之靠親投友者一例。方是處常之法。』蒙側：補足。真是一絲不漏！王夫人知他家不難于此，遂亦從其願。自此後，薛家母子就在梨香院中住了。

原來這梨香院，乃當日榮公暮年養靜之所，小小巧巧，約有十餘間房舍，前廳後舍俱全。另有一門通街，薛蟠家人就走此門出入。西南又有一角門，通一夾道，出了夾道，便是王夫人正房的東院了。每日或飯後，或晚間，薛姨媽便過來，或與賈母閑談，或和王夫人相叙。寶釵日與黛玉迎春姊妹等一處，甲眉：金玉初（原作如）見，却如此寫。虛虛實實，總不相犯。或看書下棋，或作針黹，倒也十分樂業。甲側：這一句襯出後文黛玉之不能樂業，細甚妙甚！祇是薛蟠起初之心，原不欲在賈宅居住，深恐姨父管約拘緊，料必不得自在的；無奈母親執意在此，且賈宅中又十分殷勤苦留，祇得暫且居下，一面使人打掃自家的房屋，再作移居之計。甲側：交代結構，曲曲折折，筆墨盡矣。誰知自來此間，住了不上半個月的日期，賈宅族中凡有的子侄，俱已認熟一半，凡〔十二〕是那些紈袴氣習者，莫不喜與他來往，今日會酒，明日觀花，甚至聚賭嫖娼，漸漸無所不至，引誘的薛蟠，比當日更壞了十倍。甲側：雖說爲紈袴設鑒，其意原祇罪賈宅，故用此等句法寫來。◎蒙側：膏粱（原作梁）子弟每習成的風化，處處（原無）皆然，誠爲可嘆！雖說賈政訓子有方，治家有法，甲側：八字特洗出政老來——又是作者隱意。一則族大人多，照管不到這些；二則現在族長，乃是賈珍，彼系寧府長孫，又現襲職，凡族中大小事體，自有他掌管；三則公私冗雜，且素性瀟灑，不以俗務為要，每公暇之餘，不過看書下棋而已，其用筆墨何等靈活，能足前摇後，即境生文，真到不期然而然，所謂水到渠成，不勞着力者也。餘事多不介意。況梨香院相隔兩層房子，又另有街門別開，可以出入，蒙側：既爲（原作無）作姨父的，開一條生路。若無此段，則姨父非木偶即不仁，則不成爲姨父矣。所以這些子弟們竟可以放意暢懷行事，因此把薛蟠移居之念漸漸消滅了。要知端的，且聽下回分解。

總評

看他寫一寶釵之來，先以英蓮事逼其進京，及以舅氏官出，惟姨可倚，輾轉相逼來。且加以世態人情，隱耀其間，如人飲醇酒，不期然而已醉矣。

校記

〔一〕這首回前詩僅見于列藏本和夢稿本，兩本所載略有不同，從夢稿本。

〔二〕此處的『長遠』二字，原文爲『常遠』，據庚辰本改。

〔三〕原文無『好』字，據庚辰本補。

〔四〕此處的『珍珠』二字，原文爲『真珠』，據庚辰本改。

〔五〕此處的『薛』字，庚辰本爲『雪』。

〔六〕此處的『……花了錢，送了命』句，原文爲『……花了性命』，按庚辰本改。

〔七〕原文無『這英蓮』三字，按甲戌本補。

〔八〕此處『薛蟠今已得了「無名之病」』，原文爲『今已得「無名之病」』，按庚辰本改。另，『無名之病』，甲戌本爲『無名之癥』。

〔九〕原文爲『文起』，按甲戌本改。因本書第七十九回回目爲『薛文龍悔娶河東獅』。

〔十〕原文無『……家計等事，好爲母親分憂解勞』一語，據庚辰本補。

〔十一〕原文無『嫣』字，據庚辰本補。

〔十二〕此『凡』字，原文爲『但』，按庚辰本改。

第五回

靈石迷性難解仙機　警幻多情秘垂淫訓

【回前】萬種豪華原是幻，何嘗造孽？何是風流？曲終人散有誰留？爲甚營求？衹愛蠅頭！一番遭遇幾多愁？點水根由，泉涌難酬。

題曰：

春困葳蕤擁綉衾，恍隨仙子別紅塵。
問誰幻入華胥境，千古風流造孽人。

第四回中，既將薛家母子，在榮國府中寄居等事，略已表明，此回則暫不能寫矣。此等實非別部小説之熟套起法。

如今且説林黛玉，不叙寶釵，反仍叙黛玉。蓋前回衹不過欲出寶釵，非實寫之文耳。此回若仍續寫，則將二玉高擱矣，故急轉筆仍歸至黛玉，使榮府正文方不至于冷落也。今寫黛玉神妙之至，何也？因寫黛玉實是寶釵，非真有意去寫黛玉，幾乎又被作者瞞過。自在榮府以來，賈母萬般憐愛，寢食起居，一如寶玉，妙極！所謂一擊兩鳴法，寶玉身份可知。迎春、探春、惜春三個親孫女倒且靠後。此句寫賈母。便是寶玉和黛玉二人之親密友愛處，亦自較別個不同——此句細思，有多少文章！日則同行同坐，夜則同息同止，真是言合意順，略無參商。不想如今忽來了一個薛寶釵，甲眉：欲出寶釵，便不肯從寶釵身上寫來，却先款款叙出二玉，陡然轉出寶釵，三人方可鼎立。行文之法，又一變體。◎總是奇峻之筆，寫手健拔，似新出之一人耳。此處如此寫寶釵，前回中略不一寫，可知前回中，迥非十二釵之正文也。年紀雖大不多，然品格端方，容貌豐美，人多謂黛玉所不及。此句定評。想世人目中各有所取也。按黛玉、寶釵二人，一如嬌花，一如纖柳，各極其妙，此乃世人性分甘苦不同之故耳〔一〕。而且寶釵行為豁達，隨分隨時，不比黛玉孤高自許，目下無人，將兩個行止攝總一寫，實是難寫，亦是系千部小説中所未敢寫者。故比黛玉大得下人之心。便是那些小丫頭們，亦多喜與寶釵去玩笑。因此黛玉心中便有些悒鬱不忿之意，此一句是今古才人同病。如人人皆似我黛玉之爲人，方許他妒。此是黛玉缺處。寶釵卻渾然不覺。這還是天性，後文則是又加學力了。那寶玉亦在孩提之間，況自天性所稟來的一片愚拙偏僻，四字是極不好，却是極妙。勿被作者瞞過。視姊妹弟兄皆出一意，并無親疏遠近之別。如此反謂『愚拙偏僻』，正從世人意中寫也。其中因與黛玉同賈母一處坐卧，故略比別個姊妹熟慣些。既熟慣，則更覺親密；既親密，則不免一時有求全之毀，不虞之隙。甲眉：八字爲二玉一生文字之綱。◎八字定評，有趣！不獨寫寶玉、黛玉二人，亦爲古今人親密者，作當頭棒喝。這一日不知為何，他二人言語有些不合起來，黛玉又氣的獨在房中垂泪，『又』字妙極，補出近日無限垂泪之事矣。此仍淡淡寫來，使後文來得不突然。寶玉又自悔語言冒撞，前去俯就，『又』字妙極；凡用二『又』字，如雙峰對峙，總補二玉正文。那黛玉方漸漸的回轉來。

因東邊寧府中花園內梅花盛開，元春消息動矣。賈珍之妻尤氏，乃置酒請賈母、邢夫人、王夫人等賞花。是日，先攜了賈蓉夫妻二人來面請。賈母等于早飯後過來，就在會芳園隨筆帶出。妙！字義可思。游玩，先茶後酒，不過皆是寧、榮二府女眷家宴小集，并無別樣新文趣事可記。這是第一家宴，偏爲此草草寫。如晉人倒食甘蔗，『漸入佳境』一樣。

一時寶玉倦怠，欲睡中覺，賈母命人好生哄着，歇息一會再來。賈蓉之妻秦氏便忙笑回道：『我們這裏有給寶叔收拾下的屋子，老祖宗放心，祇管交與我就是了。』又向寶玉的奶娘、丫鬟等道：『嬤嬤、姐姐們，請寶叔隨我這裏來。』賈母素知秦氏是個極妥當的人，借賈母心中定評。生得裊娜纖巧，行事又溫柔和平，乃衆孫媳中第一個得意之人，見他去安置寶玉自是安穩的。又夾寫秦氏出來。

當下秦氏引了一簇人，來至上房內間。寶玉抬頭，先看見一幅畫貼在上面，畫的人物甚好，其故事乃是《燃黎圖》，也不看系何人所畫，心中便有些不快。甲側：如此畫、聯，焉能入夢？又有一副對聯，寫的是：

世事洞明皆學問　人情練達即文章　按：此聯極俗，用于此則極妙。蓋作者正爲古今王孫公子，劈頭下一金針。

及看了這兩句，縱然室宇精美，鋪陳華麗，亦斷斷不肯在這裏，忙說道：『出去！出去！』秦氏聽了笑道：『這裏還不好，要往那裏去呢？不然往我屋裏去吧。』寶玉點頭微笑。一嬤嬤說道：『那裏有叔叔往侄兒屋裏睡覺的道理？』秦氏笑道：『哎喲喲！不怕他惱。他能多大了，就忌諱這些個！上月你沒看見我那兄弟來了，雖然和寶叔同年，兩個人若站在一處，衹怕那一個還高些呢！』甲眉：伏下秦鐘，妙！◎甲側：又伏下一人。隨筆便出，得隙便入，精細之極！所謂『一支筆變出恒河沙數支筆』也。◎又伏下文，隨筆便來，得隙便入，精細之極。寶玉道：『我怎麼沒見過？你帶他來我瞧瞧。』侯門少年紈袴活跳下來。衆人笑道：『隔着二三十裏帶去？見的日子有哩。』說着大家來至秦氏房中。剛至房門，便有一股細細的甜香襲人。甲側：此香名『引夢香』。寶玉便覺眼餳骨軟，連說『好香！』刻骨吸髓之情景，如何想得來，又如何寫得出？◎辰：進房如夢境。入房向壁上看時，有唐伯虎畫的《海棠春睡圖》，妙畫。兩邊有宋學士秦太虛寫的對聯，其聯雲：

嫩寒鎖夢因春冷　芳氣襲人是酒香　艷極！淫極！已入夢境矣。

案上設着武則天當日鏡室中設的寶鏡，設譬調侃（原作謊）耳。若真以爲然，則又被作者瞞過也。一邊擺着飛燕立着舞過的〔二〕金盤，盤內盛着安祿山擲過傷了太真乳的木瓜。上面設着壽昌公主于含章殿下卧的榻，懸的是同昌公主制的連珠帳。寶玉含笑，辰：擺設就合着他的意。連說：『這裏好！』秦氏笑道：『我這屋子，大約連神仙也住得了。』說着親自展開了西子浣過的紗衾，移了紅娘抱過的鴛鴦枕。甲側：一路設譬之文，迥非《石頭記》大筆所屑，別有他屬，余所不知。于是衆奶母伏侍寶玉卧好，款款散去，祇留下襲人、（一個再見。）媚人、（二新出。）晴雯、（三新出。名妙而文。）麝月（四新出。尤妙！看此四婢名，則知歷來小説難與并肩（原無）。）四個丫鬟為伴。（甲眉：文至此，不知從何處想來？）秦氏便分咐小丫鬟們，好生在廊檐下，看着貓兒狗兒打架。（細極！）

那寶玉剛合上眼，便惚惚的睡去，猶似秦氏在前，遂悠悠蕩蕩，隨了秦氏，至一所在。（甲側：此夢文情固佳，然必用秦氏引夢，又用秦氏出夢，竟不知立意何屬？——惟批書人知之。）但見朱欄白石，綠樹清溪，真是人迹罕逢，飛塵不到。（一篇《蓬萊賦》。）寶玉在夢中歡喜，想道：『這個去處有趣，我就在此處過一生，縱然失了家，我也願意，強如天天被父母、師傅打去。』（百忙中點出小兒心性。）正胡思之間，忽聽山後有人作歌曰：

春夢隨雲散，（甲：開口拿『春』字，最緊要。）飛花逐水流。（甲：二句比也。）

寄言衆兒女，何必覓閑愁。（甲：將通部人一喝。）

寶玉聽了是女子的聲音。（寫出終日與女兒廝混最熟。）歌音未息，早見那邊走出一個人來，蹁躚裊娜，端的與人不同。有賦為證：

方離柳塢，乍出花房。但行處，鳥驚庭樹；將到時，影度回廊。仙袂乍飄兮，聞麝蘭之馥鬱；荷衣欲動兮，聽環佩之鏗鏘。靨笑春桃兮，雲堆翠髻；唇綻櫻顆兮，榴齒含香。纖腰之楚楚兮，回風舞雪；珠翠之輝輝兮，滿額鵝黃。出沒花間兮，宜嗔宜喜；徘徊池上兮，若飛若揚。蛾眉顰笑兮，將言而未語；蓮步乍移兮，欲止而仍行。羨彼之良質兮，冰清玉潤；慕彼之華服兮，閃灼文章。愛彼之貌容兮，香培玉琢；美彼之態度兮，鳳翥龍翔。其素若何，春梅綻雪。其潔若何，秋蘭被霜。其靜若何，松生空谷。其艷若何，霞映澄塘。其文若何，龍游曲沼。其神若何，月射寒江。應慚西子，實愧王嬙。奇矣哉，生于孰地，來自何方；信矣乎，瑤池不二，紫府無雙。果何人哉？如斯之美也！甲眉：按此書『凡例』，本無贊賦閑文，前有寶玉二詞，今復見此一賦，何也？蓋此二人，乃通部大綱，不得不用此套。前詞却是作者別有深意，故見其妙；此賦，則不見長，然亦不可無者也。◎按此書『凡例』本無贊賦，前有寶玉二詞，今復見此一賦，何也？蓋二人乃通部大綱，不得不用此套。

寶玉見是一個仙姑，喜的忙來作揖，笑問道：『神仙姐姐甲側：千古未聞之奇稱，寫來竟成千古未聞之奇語，故是千古未有之奇文。不知從那裏來，如今要往那裏去？我也不知這是何處，望乞攜帶攜帶。』那仙姑笑道：『吾居離恨天之上，忘愁海之中，乃放春山遣香洞太虛警幻仙姑是也，與首回中甄士隱夢景一照。司人間之風情月債，掌人世之女怨男痴。因近來風流冤孽，四字可畏。纏綿于此處，是以前來訪察機會，布散相思。今忽與爾相逢，亦非偶然。此離吾境不遠，別無他物，僅有自采仙茗一盞，親釀美酒一瓮，素練魔舞歌姬數人，新填〔三〕《紅樓夢》仙曲十二支，點題。蓋作者自雲：『所歷不過紅樓一夢耳。』試隨吾一游否？』寶玉聽了，喜躍非常，便忘了秦氏在何處，細極！竟隨了仙姑，至一所在，辰：士隱曾見此匾對，而僧道不能領入，留此回警幻邀寶玉後文。有石牌坊橫建，上書『太虛幻境』四個大字，兩邊一副對聯，乃是：

假作真時真亦假　無爲有處有還無甲：正恐觀者忘却首回，故特將甄士隱夢境重一渲染。

轉過牌坊，便是一座宮門，上面橫書四個大字，乃是：『孽海情天』。又有一副對聯，大書雲：

厚地高天　堪嘆古今情不盡

痴男怨女　可憐風月債難償甲眉：有修廟造塔祈福者，余今意欲起太虛幻境，似較修七十二司更有功德。

寶玉看了，心下自思道：甲眉：菩薩天尊，皆因僧道而有，以點俗人，獨不許幻造太虛幻境，以警情者乎？觀者惡其荒唐，余則喜其新鮮。有修廟造塔祈福者，余今意欲起太虛幻境，似（原作以）較修七十二司更有功德。『原來如此。但不知何為「古今之情」，又何為「風月之債」？從今倒要領略領略。』寶玉祇顧如此一想，不料早把些邪魔招入膏肓了。奇趣，妙文！當下隨了仙姑進入二層門內，祇見兩邊配殿，皆有匾額對聯，一時看不盡許多，惟見幾處寫着：『痴情司』『結怨司』『朝啼司』『夜怨司』『春感司』『秋悲司』。虛陪六個。看了，因向仙姑道：『敢煩仙姑引我到各司中游玩游玩，不知可使得？』仙姑道：『此各司中，皆貯的是普天之下所有的女子過去未來的簿冊，爾凡眼塵軀，未便先知的。』寶玉聽了，那裏肯依，復央之再四。仙姑說：『也罷，就在此司內，略隨喜隨喜罷了。』寶玉喜不自勝，抬頭看這司的匾上，乃是『薄命司』三字，（正文。）兩邊對聯寫着：

春怨秋悲皆自惹　花容月貌爲誰妍

寶玉看了，便知感嘆。（『便知』二字是字法，最爲緊要！）進了門來，見有十數個大櫥，皆用封條封着。見那封條上，皆是各省地名。寶玉一心衹揀自己的家鄉封條看，遂無心看別省的了。衹見那邊櫥上封條，大書七字，云：『金陵十二釵正冊』。（正文點題。）寶玉因問：『何為「金陵十二釵正冊」？』警幻道：『即貴省中十二冠首女子之冊，故為「正冊」。』寶玉道：『常聽人說，金陵極大，（『常聽』二字，神理極妙。）怎麼衹有十二個女子？如今單我們家裏，上上下下，就有幾百女孩兒呢。』（貴公子的口氣。）警幻道：『貴省女子固多，不過擇其善者錄之。下邊二廚，則又次之。餘者庸愚之輩，則無冊可錄矣。』寶玉聽說，再看下首二廚上，果然寫着『金陵十二釵副冊』，又一個寫着『金陵十二釵又副冊』。寶玉便伸手將『又副冊』廚門開了，拿出一本冊來，揭開一看，衹見上首頁上畫着一幅畫，又非人物，亦無山水，不過是水墨烘染的滿紙烏雲濁霧〔四〕而已。後有幾行字，寫着：

霽月難逢，彩雲易散。心比天高，身爲下賤。風流靈巧招人怨。夭壽多因誹謗生，多情公子空牽念。甲：恰極之至！『病補雀金裘』回中，與此合看。

寶玉看了，又見後面畫着一簇鮮花，一床破席，也有幾句言辭，寫着：

枉自温柔和順，空雲似桂如蘭；

堪羨優伶有福，誰知公子無緣。罵死寶玉，却是自悔。

寶玉看了，不解。遂擲下這個，又去開了一副冊廚門，拿起一本冊來，揭開看時，祇見畫着一株桂花，下面有一池沼，其中水涸泥幹，蓮枯藕敗，畫後書雲：

根〔五〕并荷花一莖香，却是咏菱，妙！平生遭際實堪傷。

自從兩地生孤木，甲：拆字法。致使香魂返故鄉。

寶玉看了，仍不解。甲眉：世之好事者争傳《推背圖》之説，想前人斷不肯煽惑愚迷，即有此説，亦非常人供談之物。此回悉借其法，爲幾（原作兒）女子數運之機，無可以供茶酒之物，亦無幹涉政事。真奇想奇筆！他又擲下，再取『正冊』看，祇見頭一頁上，便畫着兩株〔六〕枯木，木上懸着一圍玉帶；又有一堆雪，雪下一股金釵。也有四句言詞，道：

可嘆停機德，樂羊子妻事。◎甲：此句薛。堪憐咏絮才。此句薛。

玉帶林中挂，甲：此句林。金釵雪裏埋。寓意深遠，皆是生非其地之意。

寶玉看了，仍不解。待要問時，情知他必不肯泄漏；待要丢下，又不捨。遂又往後看，衹見畫着一張弓，弓上挂一香櫞。也有一詞：

二十年來辨是非，榴花開處照宫闈。

三春爭及初春景，甲：顯極。虎兔相逢大夢歸。

後面又畫着兩人放風箏，一片大海，一祇大船，船中有一女子掩面泣涕。也有四句雲：

才自精明志自高，生于末世〔七〕運偏消。甲：感嘆句。自寓。

清明涕送江邊望，千裏東風一夢遥〔八〕。甲：好句！

後面又畫幾縷飛雲，一灣逝水。其詞曰：

富貴又何爲！襁褓之間父母違。

轉眼吊斜暉，湘江水逝楚雲飛。

後面又畫着一塊美玉，落在泥垢〔九〕之中。其斷語雲：

欲潔何曾潔，雲空未必空。

可憐金玉質，終陷淖泥中！

後面忽畫一惡狼，追撲一美女，欲啖之意。其判曰：

子系中山狼，得志便猖狂。甲：好句！

金閨花柳質，一載赴黄粱。

後面便是一座古廟，裏面有一美人，在内獨坐看經。其判雲：

勘破三春景不長，緇衣頓改昔年妝。

可憐綉户侯門女，獨卧青燈古佛旁。甲：好句。

後面便是一片冰山，山上有一只雌鳳。其判雲：

凡鳥偏從末世〔十〕來，都知愛慕此生才。

一從二令三人木，拆字法。哭向金陵事更哀。

後面又是一座荒村野店，有一美人在那裏紡績。其判曰：

勢敗休雲貴，家亡莫論親。甲：非經歷過者，一句則雲『紙上談兵』。過來人那得不哭！

偶因濟劉氏，巧得遇恩人。

詩後又畫一盆茂蘭，旁有一位鳳冠霞帔的美人。其判雲：

桃李春風結子完，到頭誰似一盆蘭。

如冰水好空相妒，枉與他人作笑談！甲：真心實語。

後面又畫着高樓大廈，有一美人懸梁自縊。其判雲：

情天情海幻情身，情既相逢必主淫。

漫言不肖皆榮出，造釁開端實在寧。

寶玉還欲看時，那仙姑知道他天分高明，性情穎慧，通部中筆筆貶寶玉，人人嘲寶玉，語語謗寶玉，今却于警幻意中寫出此八字來，真是意外之想。此法亦他書中所無。恐把天機泄漏，遂掩〔十二〕了卷冊。笑向寶玉道：『且隨我去游玩奇景，甲側：是哄小兒語。細甚！◎是哄小兒語氣。何必在此打這悶葫蘆！爲前文葫蘆廟一點。◎辰：點醒。

寶玉恍恍惚惚，不覺弃了卷冊。甲側：是夢中景況。細極！妙！◎是夢中景，又隨了警幻來至後面。但見珠簾綉幕，畫棟雕梁，說不盡那光摇朱戶金鋪地，雪照瓊窗玉作宫。更見仙花馥鬱，异草芬芳，真好一個所在。已爲省親別墅畫下圖式矣！又聽警幻笑道：『你們快出來迎接貴客！』一語未了，祇見房中又走出幾個仙子來，皆是荷袂蹁躚，羽衣飄舞，姣若春花，媚如秋月。一見了寶玉，都怨謗警幻道：『我們不知系何「貴客」，忙的接了出來！姐姐曾說今日今時，必有絳珠妹子的生魂前來游玩，絳珠是誰？請觀者細思首回。故我等久待。何故反引這濁物來，污染這清淨女兒之境？甲眉：奇筆攄奇文。作書者視女兒珍貴之至，不知今時女兒可知？余爲作者痴心一哭！又爲近之自弃自敗之女兒一恨！◎奇筆，奇文！寶玉聽如此說，嚇得欲退不能退，甲側：貴公子不怒而反退，却是寶玉天分（原作外）中一段情痴。果覺自形污穢不堪。貴公子豈容人如此厭弃，反不怒而反欲退？實實寫盡寶玉天分中一段情痴來。若是薛阿呆至此聞是語，則警幻之輩共成齏粉矣。一笑。警幻忙攜住寶玉的手，妙！警幻是多（原作與）情種子。向衆姊妹笑道：『你等不知原委：今日原欲往榮府去接絳珠，適從寧府〔十二〕所過，偏遇寧、榮二公之靈，囑吾云：「吾家自國朝定鼎以來，功名奕世，富貴傳流，雖歷百年，奈運終數盡，不可挽回。子孫雖多，竟無一可以繼業者。甲側：這是作者真正一把眼泪。惟嫡孫寶玉一人，禀性乖張，性情怪譎，雖不聰明靈慧，略可望成，無奈吾家運數合終，恐無人引入正路。幸仙姑偶來，望先以情欲聲色等事警其痴玩，甲側：二公真無可奈何，開一覺世覺人之路也。或能使彼跳出迷人圈子，然後入于正路，亦吾弟兄之幸矣。」如此囑吾，故發慈心，引彼至此。先以彼家上中下三等女子之終身冊籍，令彼熟玩，尚未覺悟；故引彼再至此處，令其再歷飲饌聲色之幻，或可將來一悟，亦未可知也。』（一段敘出寧、榮二公來，足見作者深意。）

說畢，攜寶玉入室。但聞一縷幽香，竟不知所焚何物。寶玉遂不禁相問。警幻笑道：『此香塵世中既無，爾何能知！此香乃系諸名山勝境內，初生异卉之精，合各種寶林珠樹之油所制，（辰：細玩此句。）名為「群芳髓」。（甲側：好香！『群芳髓』可對『冷香丸』。）寶玉聽了，自是羨慕而已。大家入座，小鬟捧上茶來。寶玉自覺香清味异，純美非常，因又問何名。警幻道：『此茶出在放春山遣香洞，又以仙花靈葉上所帶宿露而烹，此茶名曰「千紅一窟」。』（隱『哭』字。）寶玉聽了，點頭稱賞。因看房內，瑤琴、寶鼎、古畫、新詩，無所不有；更喜窗下亦有唾絨，奩間時漬粉污。（是寶玉心事。）壁上亦有一副對聯，書着：

幽微靈秀地（女兒之心。）

無可奈何天（女兒之境。兩句盡矣。◎甲：撰通部大書不難，最難是此等處，可知皆從『無可奈何』而有。）

寶玉看畢，無不羨慕。因又請問衆仙姑姓名：一名痴夢仙姑，一名鍾情大士，一名引愁金女，一名度恨菩提，各個道號不一。少刻，有小鬟來調桌安椅，擺設酒肴。真是：瓊漿滿泛玻璃盞，玉液濃斟琥珀杯。更不用再說那肴饌之盛。寶玉因聞得此酒清香甘冽，异乎尋常，又不禁相問。警幻道：『此酒乃以百花之蕊，萬木之汁，加以麟乳之醅、鳳髓之麯釀成，因名為「萬艷同杯」。』與『千紅一窟』一對，隱『悲』字。

飲酒之間，又有十二個舞女上來，請問演何詞曲。警幻道：『就將新制《紅樓夢》十二支演上來。』舞女們答應了，便輕敲檀板，款按銀箏，聽他唱道：

開辟鴻蒙……故作頓挫之筆。

方歌了一句，警幻便說道：『此曲不比塵世中所填傳奇之曲，必有生、旦、淨、末、醜之別，又有南、北九宮之限。此或咏嘆一人，或感懷一事，偶成一曲，即可譜入管弦。若非個中人，三字極妙！不知誰是『個中人』。然則石頭亦『個中人』乎？作者與觀者亦『個中人』乎？不知其中之妙。料爾亦未必深明此調。若不先閱其稿，後聽其歌，反成嚼蠟矣。』甲眉：警幻是個極會看戲人。近之大老觀戲，必先翻閱脚（原作角）本，目睹其詞，耳（原作彼）聽彼歌，却從警幻處學來。◎警幻是個極會看戲人。今之翻劇本看戲者，殆從警幻學來。說畢，命小鬟取了《紅樓夢》原稿來，遞過。

寶玉接起，一面看，一面聽，其歌曰：作者能處處慣于自占地步，又慣于陡起波瀾，又慣于故爲曲折，最是行文秘訣。

第一支　紅樓夢引

開辟鴻蒙，誰爲情種？非作者爲誰？余曰：亦非作者，乃石頭也。都衹爲風月情濃。趁着這〔十三〕，奈何天，傷懷日，寂寥時，試遣愚衷。『愚』字自謙得妙！因此上，演出這懷金悼玉的『紅樓夢』。『懷金悼玉』四字有深意。讀此幾句，反厭近之傳奇中，必用生旦副末開場，累贅太甚。

第二支 終身誤

都道是金玉良姻，俺祇念木石前盟。空對着，山中高士晶瑩雪；終不忘，世外仙姝寂寞林。嘆人間，美中不足今方信。縱然是齊眉舉案，到底意難平。

第三支 枉凝眸

一個是閬苑仙葩，一個是美玉無瑕。若說没奇緣，今生偏又遇着他；若説有奇緣，如何心事終虛化〔十四〕？一個枉自嗟呀，一個空勞牽挂。一個是水中月，一個是鏡中花。想眼中能有多少泪珠兒，怎禁得秋流到冬盡，春流到夏！語句潑撒，不負自創北曲。

寶玉聽了此曲，散漫無稽，不見得好處；自批駁，妙極！但其聲韵凄婉，竟能銷魂醉魄。因此，也不察其原委，問其來歷，就暫以此釋悶而已。妙！設言世人亦應如此法看此《紅樓夢》一書，更不必追其隱。

第四支 恨無常

喜榮華正好，恨無常又到。眼睁睁，把萬事全拋。蕩悠悠，把〔十五〕芳魂消耗。望家鄉，路遠山高。

故向爹娘夢裏相尋告：兒今命已入黃泉，天倫呵〔十六〕，須要退步抽身早！（悲險之至！）

第五支 分骨肉

一帆風雨路三千，把骨肉家園齊來拋閃。恐哭損殘年，告爹娘，休把兒懸念。自古窮通皆有命〔十七〕，離合豈無緣？從今分兩地，各自保平安。奴去也，莫牽連。（探卿聲口如聞。）

第六支 樂中悲

襁褓中，父母嘆雙亡。（甲側：意真辭切，過來人見之，不免失聲。）縱居那綺羅中〔十八〕，誰知嬌養？幸生來，英豪闊大寬宏量，從未將兒女私情略縈心上。好一似，霽月光風耀玉堂！（堪與湘卿作照。）廝配得才貌仙郎，博得個地久天長，準折得幼年時坎坷形狀。終久是雲散高唐，水涸湘江。這是塵寰中消長數應當，何必枉悲傷！

甲眉：悲壯之極！北曲中不能多得。

第七支 世難容

氣質美如蘭，（甲側：妙卿實當得起。）才華復比仙。天生成孤癖人皆罕。你道是，啖肉食腥膻，（甲側：絕妙！曲文填詞中，不能多見。）視綺羅俗厭；却不知，（甲：至語。）太高人愈妒，過潔世同嫌。可嘆這，青燈古殿人將老；辜負了，紅粉朱樓春色闌。到頭來，依舊是風塵骯臟違心願。好一似，無瑕白玉遭泥陷；又何須，王孫公子嘆無緣。

第八支 喜冤家 『冤家』上加一『喜』字，真新！真奇！

中山狼，無情獸，全不念當日根由。一味的驕奢淫蕩貪歡媾〔十九〕。覷着那，侯門艷質同蒲柳；作踐的，公府千金似下流。嘆芳魂艷魄，一載蕩悠悠！題衹『十二釵』，却無人不有，無事不備。

第九支 虛花悟

將那三春看破，桃紅柳綠待如何？把這韶華打滅，覓〔二十〕那清淡天和。說什麼，天上夭桃盛，此話（原作休）恰甚。雲中杏蕊多。到頭來，誰見把秋捱過？則看那，白楊村裏人嗚咽，青楓林下鬼吟哦。更兼着，連天衰草遮墳墓。這的是，昨貧今富人勞碌，春榮秋落〔二一〕花折磨。似這般，生關死劫誰能躲？聞說道，西方寶樹喚〔二二〕婆娑，結着〔二三〕長生果。喝醒大衆，是極。◎甲：末句、關句、收句。

第十支 聰明累

機關算盡太聰明，反送了〔二四〕卿卿性命。甲眉：過來人睹此，寧不放聲一哭！◎警拔之句。生前心已碎，死後性空靈。家富人寧，終有個家亡人散各奔騰。枉費了，意懸懸半世心；好一似，蕩悠悠三更夢。忽喇喇如大廈傾，昏慘慘似將盡燈〔二五〕。呀〔二六〕！一場歡喜忽悲辛。嘆人世，終難定！見得到，是極！過來人睹此，能不放聲一哭！

第十一支　留餘慶

留餘慶，留餘慶〔二七〕，忽遇恩人；幸娘親，幸娘親，幸〔二八〕積得陰功。勸人生，濟困扶窮。休似俺那愛銀錢、忘骨肉的狠舅奸兄！正是乘除加減，上有蒼穹。

第十二支　晚韶華

鏡裏恩情，甲：起得妙！更那堪，夢裏功名！那美韶華，去之何迅！再休提，綉帳鴛衾。衹這戴珠冠，披鳳襖，也抵不了無常性命。雖説是，人生莫受老來貧，也須要陰騭積兒孫。氣昂昂，頭戴簪纓，簪纓！光閃閃，胸懸金印；威赫赫，爵禄高登，高登！昏慘慘，黄泉路近。問古來將相可還存？也衹是〔二九〕虚名兒，與後人欽敬。

第十三支　好事終

畫梁春盡落香塵。六朝妙句。擅風情，秉月貌，便是敗家的根本。箕裘頽墮皆從敬，深意他人不解。家事消亡首罪寧。宿孽總因情。是作者具（原作見）菩薩之心，秉刀斧之筆，撰成此書。一句不可更，一字不可改！

第十四支　飛鳥各投林　[甲夾：收尾愈覺悲慘可畏。]

爲官的，家業凋零；富貴的，金銀散盡；[二句總寧、榮，與『樹倒猢猻散』作反照。]有恩的，死裏逃生；無情的，分明報應。欠命的，命已還；欠淚的，淚已盡。冤冤相報豈非輕，分離聚合前生定(三十)。欲知命短問前生，老來富貴也真僥幸。看破的，遁入空門；痴迷的，枉送了性命。[將通部女子一總。]好一似食盡鳥投林，落了片白茫茫大地真幹净！[又照管葫蘆廟。◎甲：與『樹倒猢猻散』反照。]

歌畢，還又歌副曲。[是極！香菱、晴雯輩豈可無？亦不可再。]警幻見寶玉甚無趣味，[自站地步。]痴兒意尚未悟。那寶玉忙止歌姬不必再唱，自覺朦朧恍惚，告辭求卧。警幻便命撤去殘席，送寶玉至一香閨綉閣之中。其間鋪陳之盛，乃素未見之物。更可駭者，早有一女子在内，其鮮妍嫵媚，有似寶釵；其裊娜風流，則又如黛玉。[雖爲雙兼，極妙！]正不知何意，忽警幻道：『塵世中多少富貴之家，那些緑窗風月，綉閣烟霞，皆被淫污紈袴與那些流蕩女子悉皆玷辱。[真極！]更可恨者，自古來多少輕薄浪子，皆以「好色不淫」為飾，又以「情而不淫」作案，[『色而不淫』四字已濫熟于各小説中，今却特貶其説，批駁出矯飾之非，可謂至切至當，亦可以唤醒衆人，勿爲(原作謂)前人之矯詞所惑(原作感)也。]此皆飾非掩醜之語也。好色即淫，知情更淫。是以巫山之會，雲雨之歡，皆由既悅〔三二〕其色、復戀其情所致也。『色而不淫』，今偏翻案。吾所愛汝者，乃天下古今第一淫人也。』甲側：『色而不淫』今翻案。奇甚！◎不見下文，使人一驚。多大膽量，敢如此作文！

寶玉聽了，唬的忙答道：『仙姑差矣。我因懶于讀書，家父母尚每垂訓飭，豈敢再冒「淫」字？況且年紀尚小，不知「淫」字為何物。』甲眉：絳芸軒中諸事情景由此而生。警幻道：『非也。淫雖一理，意則有別。如世之好淫者，不過悅容貌，喜歌舞，調笑無厭，雲雨無休，恨不能盡天下之美女供我片時之趣興。甲側：說得懇切，恰當之至！此皆皮膚淫濫之蠢物耳。如爾則天分中生成一段痴情，吾輩推之為「意淫」。二字新雅。「意淫」二字，惟心會而不可言傳，可神通而不可語達。甲側：按寶玉一生心性，祇不過是『體貼』二字，故曰『意淫』。汝今獨得此二字，在閨閣中，固可為良友，然于世道中，未免迂闊怪詭，百口嘲謗，萬目睚眦。今既遇令祖寧、榮二公剖腹深囑，吾不忍君獨為我閨閣增光，見弃于世道，是特引前來，醉以靈酒，沁以仙茗，警以妙曲，再將吾妹一人，乳名兼美，妙！蓋指薛、林而言也。字可卿者，許配于汝。今夕良辰，即可成姻。不過令汝領略仙閨幻境風光尚然如此，何況塵世之情景哉？而今以後，萬望解釋，改悟前情，留意于孔孟之間，委身于經濟之道。』說出此二句，警幻亦腐矣，然亦不得不然耳。說畢，便秘授以雲雨之事，這是情之未了一着，不得不說破。于是推寶玉入房，將門掩上自去。

那寶玉恍恍惚惚，依警幻所囑之言，未免有兒女之事，如此方免累贅。難以盡述。至次日，便柔情繾綣，軟語溫存，與可卿難解難分。二人因攜手出去游玩，忽至一個所在，但見荊榛滿地，略露心迹。狼虎成群，凶極！試問觀者：此系何處？迎面一道黑溪阻路，并無橋梁可通。若有橋（原作『槁』，即少兩筆）梁可通，則世路人情猶不算艱難。特用『形如槁木、心如死灰』句以消其念，可謂善于讀矣。正在猶豫之間，忽見警幻從後追來，告道：『快休前進，作速回頭要緊！』機鋒！◎辰：點醒世人。寶玉忙止步問道：『此系何處？』警幻道：『此即迷津也！深有萬丈，遥亘千裏，中無舟楫可通，可思。祇有一個木筏，乃木居士掌舵，灰侍者撑篙，不受金銀之謝，但遇有緣者渡之。爾今偶游至此，如墮落其中，則深負我從前諄諄警戒之語矣。』看他忽轉筆作此語，則知此後皆是自悔。話猶未了，祇聽迷津內水響如雷，竟有許多夜叉、海鬼將寶玉拖下去。唬的寶玉汗下如雨，一面失聲喊叫：『可卿救我！』嚇得襲人輩衆丫鬟們忙上來摟住，叫：『寶玉別怕，我們在這裏！』接得無痕迹。歷來小説中之夢未見此一醒。

却說秦氏正在房外，囑咐小丫頭們好生看着貓兒狗兒打架，細！又是照應前文。忽聽寶玉在夢中喚他的小名，奇奇怪怪之文，令人摸頭不着。『雲龍作雨』，不知何爲龍，何爲雲，又何爲雨矣。因納悶道：『我的小名，這裏從無人知道，他如何知道得，在夢裏叫將出來？』正是：

一枕幽夢同誰訴，千古情人獨我痴。

總評

將一部全盤點出幾個，以陪襯寶玉，使寶玉從此倍偏，倍痴，倍聰明，倍瀟灑，亦非突如其來。作者真妙心、妙口、妙筆、妙人！

校記

〔一〕『想世人目中各有所取也』和『按黛玉、寶釵二人……』兩句正文，蒙府本同此，甲戌本爲批語。

〔二〕原文無『的』字，據庚辰本補。

〔三〕此處的『新填』二字，原文爲『新添』，據庚辰本改。

〔四〕此處的『霧』字，原文爲『露』，據庚辰本改。

〔五〕此處的『根』字，原文爲『種』，據蒙府本改。

〔六〕此處的『兩株』二字，原文爲『四株』，據庚辰本改。

（七）此處的『末世』二字，原文爲『没世』，據庚辰本改。

（八）此處的『一夢遥』三字，原文爲『一望遥』，據庚辰本改。

（九）此處的『泥垢』，原文爲『污垢』，據庚辰本改。

（十）此處的『末世』，原文爲『没世』，據庚辰本改。

（十一）此處的『掩』字，原文爲『捲』，據庚辰本改。

（十二）此處的『府』字，原文爲『國』，據蒙府本改。

（十三）『趁着這』三字原文爲批語，按甲戌本改作正文。

（十四）此處的『化』字，原文爲『花』，據庚辰本改。

（十五）原文無『把』字，據庚辰本補。

（十六）此處的『天倫呵』三字原文爲批語，按甲戌本改作正文。

（十七）此處的『有命』二字，庚辰本爲『有定』，據改。

（十八）此處的『綺羅中』三字，庚辰本爲『綺羅叢』。

（十九）此處的『歡媾』二字，系校者參考各鈔本，按其在曲中的詞意而改。此詞原文爲『頑够』，甲戌本、蒙府本和己卯本均爲『還搆』，庚辰本爲『還構』。

（二十）此處的『覓』字，原文爲『覺』，據庚辰本改。

（二一）此處的『秋落』二字，庚辰本爲『秋謝』。

〔二二〕原文無『唤』字，據蒙府本補。

〔二三〕此處的『結着』二字，庚辰本爲『上結着』。

〔二四〕此處的『反送了』三字，蒙府本和庚辰本均爲『反算了』。

〔二五〕此處的『將盡燈』三字，庚辰本爲『燈將盡』。

〔二六〕『呀』字，原文字體較小。

〔二七〕此處第二個『留餘慶』三字，原文無，據蒙府本補。

〔二八〕此處的『幸』字，蒙府本和庚辰本均無。

〔二九〕此處的『也衹是』三字，原文爲『也正是』，據蒙府本改。

〔三十〕此處的『前生定』三字，庚辰本爲『皆前定』。

〔三一〕此處的『悦』字，原文爲『恍』，據蒙府本改。

第六回 賈寶玉初試雲雨情　劉姥嫗一進榮國府

【回前】風流真假一般看，借貸親疏觸眼酸。總是幻情無了處，銀燈挑盡泪漫漫。

甲：寶玉、襲人亦大家常事耳，寫得是已全領警幻意淫之訓。

此回借劉嫗，却是寫阿鳳正傳，并非泛文；且伏『二進（原作遮）』，『三進（原作遮）』及巧姐之歸着。

此回（原無）劉嫗一進榮國府，用周瑞家的，又過下回無痕，是無一筆寫一人文字之筆。

題曰：

朝叩富兒門，富兒猶未足。

雖無千金酬，嗟彼勝骨肉。

卻說秦氏，因聽見寶玉從夢中喚他的乳名，心中自是納悶，又不好細問。彼時寶玉迷迷惑惑，若有所失。衆人忙端上桂圓湯來。呷了兩口，遂起身整衣。襲人伸手與他系褲帶時，不覺伸手至大腿處，衹覺冰涼一片沾濕，唬的忙退出手來，問道是怎麽了。寶玉紅漲了臉，把他的手一捻。襲人本是個聰明女子，年紀本又比寶玉大兩歲，近來也漸通人事，今見寶玉如此光景，心中便覺察了一半，不覺也羞紅了臉，蒙側：存身份。遂不敢問。蒙側：既少通人事，無心者則再不復問矣；既問，則無限幽思，皆在于伏身之一笑，所以必當有偷試一番。行文輕巧，皆出于自然，毫無一些勉强。妙極！仍舊理好衣裳，隨至賈母處來，胡亂吃畢晚飯，過這邊來。

襲人忙趁奶娘丫鬟不在旁時，另取出一件中衣來，與寶玉換上。寶玉含羞央告道：『好姐姐，千萬不要告訴別人要緊！』襲人亦含羞笑問道：『你夢見什麽故事了？蒙側：是必當問者。若不問，則下文涉于唐突。是那裏流出來的那些臟東西？』寶玉道：『一言難盡。』說着，便把夢中之事細細說與襲人聽了。然後說至警幻所授雲雨之事，羞的襲人掩面伏身而笑。蒙側：試想。寶玉亦素喜襲人柔媚嬌俏，遂強襲人同領警幻所授雲雨之事。甲側：數句文完一回題綱文字。◎

靖眉：一段雲雨之事，完一回提綱文字。

襲人素知賈母已將自己〔一〕與了寶玉的，今便如此，亦不為越禮，甲：寫出襲人身份。遂和寶玉偷試一番。幸無人撞見。自此寶玉視襲人更與別人不同，甲：伏下晴雯。襲人待寶玉更為盡職。甲：一段小兒女之態。可謂追魂攝魄之筆。暫且別無話說。甲：一句結住上回《紅樓夢》大篇文字，另起本回正文。

按榮府中一宅中合算起來，人口雖不多，從上至下，也有三四百丁；事雖不多，一天也有一二十件，竟如亂麻一般，并沒有個頭緒可作綱領。正尋思從那一件事，自那一個人寫起方妙，恰好忽從千裏之外，芥頭之微，小小一個人家，向與榮府略有些瓜葛，甲側：略有些瓜葛，是數十回後之正脉也。真千裏伏綫！這日正往榮府中來，因此便就從此一家說來，倒還是頭緒。你道這一家姓甚名誰，又與榮府有甚瓜葛？諸公若嫌瑣碎粗鄙呢，則快擲下此書，另覓好書去醒目；蒙側：夾（原作加）雜世態，巧伏下文。若謂聊可破悶時，待蠢物甲：妙謙！是石頭口角。細細言來。

方才所說這小小之家，姓王，乃本地人氏，祖上曾作過小小的一個京官，昔年曾與鳳姐之祖、王夫人之父認識。因貪王家的勢利，便連了宗，認作侄子。蒙側：可憐！◎甲：與賈雨村遥遥相對。那時祇有王夫人之大兄、鳳姐之父甲：兩呼兩起，不過欲觀者自醒。與王夫人隨在京中的，知有此一門遠族，餘者皆不認識。蒙側：强認親的榜樣。目今其祖已故，祇有一個兒子，名喚王成，因家業蕭條，仍搬出城外原鄉中住去了。王成新近亦因病故，祇有其子，小名狗兒。狗兒(二)亦生一子，小名板兒；嫡妻劉氏，又生一女，名喚青兒。甲：《石頭記》中，公勛世宦之家，以及草莽庸俗之族，無所不有，自能各得其妙。一家四口，仍以務農為業。因狗兒白日間又作些生計，劉氏又操井臼等事，青、板姊弟兩個無人看管，狗兒遂將岳母劉姥姥，甲：音老，出《偕聲字箋》。稱呼逼肖。接來一處過活。蒙側：總是用逼（原作過）近法。這劉姥姥乃是個久經世代的老寡婦，膝下又無兒女，祇靠兩畝薄田度日。如今女婿接來養活，豈不願意，遂一心一意，幫趁着女兒女婿過活起來。

因這年秋盡冬初，天氣冷將下來，家中冬事未辦，狗兒心中未免煩慮，吃了幾杯悶酒，在家閑尋氣惱，甲眉：自『紅樓夢』一回至此，則珍饈中之齏耳。好看煞！◎蒙側：貧苦人多有此等景象。◎甲：病。此病人不少。請來看狗兒。劉氏不敢頂撞。因此劉姥姥看不過，乃勸道：『姑夫，你別嗔着我多嘴。咱們村莊人，那一個不是老老誠誠的，守着多大碗兒，吃多大碗的飯？甲側：能兩畝薄田度日，方説的出來。你皆因年小時節，托着你那老的福，甲：妙稱！何肖之至！吃喝慣了，如今所以把持不住。有了錢，就顧頭不顧尾，沒了錢，就瞎生氣，成個什麼男子漢大丈夫了！甲側：此自口氣何處得來？◎蒙側：英雄失足，千古同慨，哭煞天下一切！（疑有脱漏。）◎甲：爲紈袴下針，却先從此等小處寫來。如今咱雖離城住着，終是天子腳下。這長安城中，遍地都是錢，祇可惜沒人會拿去罷了。在家跳蹋也不中用的。』

狗兒聽説，便急道：『你老祇會炕頭兒上混話，難道叫我打劫、偷去不成？』蒙側：古人有錯用『盗』字之説，的是此句張（原作章）本。劉姥姥道：『誰叫你偷去呢？也到底大家想方法兒裁度，不然那銀子錢自己跑到咱家來不成？』狗兒笑道：『有法兒還等到這會子呢！我又沒有收租的親戚、甲：罵死！作官的朋友，靖眉：罵死世人，可嘆可悲！◎甲：罵死！有什麼法子可想的？便有，也祇怕他們未必來理我們呢！』

劉姥姥道：『這倒不然。謀事在人，成事在天。咱們謀到了，靠菩薩的保佑，有此機會，也未可知。我倒替你們想出一個機會來。當日你們原是和金陵王家，（甲：四字便抵一篇世家傳。）連過宗的，二十年前，他們看承你們還好，如今自然是你們拉硬屎，不肯去俯就他的，（蒙側：天下事無有不可爲者。總因打不破，若打破時何事不能？請看劉姥姥一篇議論。便應解得些個才是。）故疏遠起來。想當初，我和女兒還去過一遭。（甲：補前文之未到處。）他家的二小姐着實爽快，會待人的，倒不拿大。如今現是榮國府賈二老爺的夫人。聽得說，如今上了年紀，越發憐貧恤老，最愛齋僧敬道、捨米捨錢的。如今王府雖升了邊任，祇怕這二姑太太還認得咱們。你何不去走動走動，或者他念舊，有些好處，也未可知。祇要他發一點好心，拔一根寒毛比咱們的腰還粗呢！』劉氏在旁接口道：『你老雖說的是，但祇你我這樣個嘴臉，怎麼好到他們門上去的？他們那些門上人，也未必肯去通報。沒的去打嘴現世。』（蒙側：『打嘴現世』等字，誤盡許多蒼生，也能成全多少事體。）

誰知狗兒利名心最重，（甲：調侃語。）聽如此一說，心下便有些活動起來。又聽他妻子這番話，便笑接道：『姥姥既如此說，況且當年你又見過這姑太太一次，何不你老人家明日就走一趟，先試試風頭再說？』劉姥姥道：『哎喲！（甲側：口聲如聞。）可是說的，「侯門似海」，我是個什麼東西？他家人又不認得我，我去了也是白去的。』狗兒笑道：『不妨，我教你老一個法子：你竟帶了外孫子小板兒，先去找陪房周瑞，若見了他，就有些意思了。』

這周瑞先時曾與我父親交過一樁事，我們極好的。』蒙側：畫出（原作初）當日品行。◎甲：欲赴豪門，必先交其僕。寫來一嘆！劉姥姥道：『我也知道他的。衹是許多時不曾往他家去走了一趟兒過，又知道他如今是怎樣？這也說不得了，你又是個男人，又這樣個嘴臉，自然去不得。我們姑娘年輕媳婦子，也難賣頭賣腳的。倒還是捨着我這副老臉去碰一碰。果然有些好處，大家都有益。便是沒銀子拿來，我也到那公府侯門見一見世面，也不枉我一生。』說畢，大家笑了一會。當晚計議已定。

次日天未明，劉姥姥便起來梳洗了，又將板兒教訓幾句。那板兒才五六歲的孩子，一無所知，聽見帶他進城逛去，甲：音光，去聲，游也，出《俗聲字箋》。便喜的無不應承。于是劉姥姥帶他進城，找至『寧榮街』甲：街名。本地風光。妙！來。榮府大門石獅子前，衹見簇簇的轎馬，劉姥姥便不敢過去，且撣了撣〔三〕衣服，又教了板兒幾句話，然後蹭甲側：『蹭』字神理。到角門前。衹見幾個挺胸叠肚、指手畫腳的人，坐在大凳上，說東談西的。蒙側：世家奴僕，個個皆然，形容逼真。◎甲：不知如何想來！又爲侯門三等豪奴寫照。劉姥姥衹得蹭〔四〕上來說：『太爺們納福。』衆人打量了他一會，便問：『是那裏來的？』劉姥姥賠笑道：『我找太太的陪房周大爺的，煩那位太爺替我請他老出來。』那些人聽了，都不睬〔五〕睬，半日方說道：『你遠遠的那牆角下等着，蒙側：故套。一會子他們家有人就出來的。』內中有一年老的說道：『不要誤他的事，何苦耍他。』因向劉姥姥道：『那周大爺已往南邊去了。他後一帶住着，他娘子卻在家。你要找時，從這邊繞到後街，上後門上去問就是了。』（蒙側：轉換法。寫門上豪奴，不能盡是規矩，故用轉換法，則不强硬而筆氣自順。◎甲：有年紀人誠厚，亦是自然之理。）

劉姥姥聽了，謝過，遂手攜板兒，繞至後門上。衹見門前歇着些生意擔子，也有賣吃的，也有賣玩耍物件的，鬧鬧吵吵，三二十個孩子在那裏廝鬧。（甲：如何想來？合眼如見。）劉姥姥便拉住一個道：『我問哥兒一聲，有個周大娘可在家麼？』孩子道：『那個周大娘？我們這裏周大娘有三個呢，還有兩個周奶奶，不知是那一行當差的？』劉姥姥道：『是太太的陪房周瑞。』孩子道：『這個容易，你跟我來。』說着，跳躥躥引着劉姥姥進了後門，（甲側：因女眷，又是後門，故容易引入。）至一院牆邊，指與劉姥姥〔六〕道：『這就是他家。』又叫道：『大大媽！有個老奶奶來找你呢！』（甲眉：逼真！孩子口氣。）

周瑞家的在内聽說，忙迎了出來，問：『是那位？』劉姥姥迎上來問道：『好呀，周嫂子！』周瑞家的認了半日，方笑道：『劉姥姥，你好呀！你說說，能幾年，我就忘了。（甲側：如此口角，從何處出來？）請家裏坐坐罷！』劉姥姥一壁笑說道：『你老是貴人多忘事，那裏還記得我們了。』說着，來至房中。周瑞家的命雇的小丫頭倒上茶來吃着。周瑞家的又問板兒：『倒長的這麼大了！』又問些别後閑話。再問劉姥姥：『今日還是路過，還是特來的？』甲側：問的有情理。◎蒙側：劉姥姥此時一團要緊事在心，有問，不得不答。遞轉遞進，不敢陡（原作陟）然。看之令人可憐。而大英雄亦有若此者，所謂欲圖大事，不拘（原作據）小節。 劉姥姥便說：『原是特來看看你，二則也請請姑太太的安。若可以領我見見更好，若不能，便借重嫂子轉致意罷了。』甲：劉婆亦善于權變應酬矣。

周瑞家的聽了，便已猜着幾分來意。祇因昔年他丈夫周瑞爭買田地一事，其中多得狗兒之力，今見劉姥姥如此而來，心中難卻其意；甲：在今世，周瑞婦算是懷情不忘的正人。二則也要顯弄自己的體面。甲眉：『也要顯弄』句爲後文作地步也，陪房本心本意，實事。◎蒙側：實有此等情理。聽如此說，便笑道：『劉姥姥，你放心。甲側：自是有『寵人』聲口。大遠的，誠心誠意來了，豈有個不教你見了真佛兒去的？甲：好口角！論那人來客去回話，卻不與我相幹。我們這裏都是各占一樣兒：甲側：略將榮府中帶一帶。我們男的，他祇管春秋兩季的地租子，閑時祇帶着小爺們出門就完了；我祇管跟太太奶奶們出門的事。皆因你原是太太的親戚，又拿我當個人，投奔了我來，我竟破個例，給你通個信去。但祇一件，姥姥有所不知，我們這裏又不是五年前了。如今太太竟不大管事，都是璉二奶奶管家了。你道這璉二奶奶是誰？就是太太的內侄女、大舅老爺的女兒，小名叫鳳哥的。』劉姥姥聽了，問道：『原來是他！怪道呢，我當日就說他不錯呢！甲：我亦說不錯。這等說，我今還得見他了？』周瑞家的道：『這個自然。如今太太事多心煩，有客來了，略可推的，也就推過去了，都是鳳姑娘周旋迎待。今兒寧可不會太太，倒要見見他，（蒙側：理（原作禮）勢必然。）才不枉這裏來一遭。』劉姥姥道：『阿彌陀佛！這全仗嫂子方便了。』周瑞家的道：『說那裏話。俗語說的：「與人方便，自己方便。」不過用我說一句話罷了，害着我什麼！』說着，便喚小丫頭子到倒廳上，（甲：一絲不亂。）悄悄的打聽打聽，老太太屋裏擺了飯了沒有？小丫頭去了，這裏二人又說些閑話。（蒙側：急忙中偏不就進去，又添一番議論，從中又伏下多少綫索，方見得大家勢派。出入不易，方見得周瑞家的處事詳細。即至後文，放筆寫鳳姐，亦不唐突，仍用冷子興說榮、寧舊筆法。）

劉姥姥因說：『這位鳳姑娘，今年大不過二十歲罷了，就這等有本事，當這樣家，可是難得的。』周瑞家的聽了道：『咳，我的姥姥，告訴不得你了。這位鳳姑娘年紀雖小，行事卻比世人都大。如今出挑（七）的美人一樣的模樣兒，少說些有一萬個心眼子。再要賭口齒，十個會說話的男人，也說他不過。回來你見了，就信了。就祇一件，待下人未免太嚴了些兒。』（甲：略點一句，伏下後文。）說着，祇見小丫頭回來說：『老太太屋裏已擺完了飯，二奶奶在太太屋裏呢。』周瑞家的聽了，連忙起身，催着劉姥姥說：『快走，快走！這一下來吃飯，是個空子，（蒙側：非身臨其境者不知。）咱們先等着去。若遲了，回事的人多了，難說話。再歇了中覺，越發沒了時候了』。（甲眉：寫阿鳳勤勞等事，然却是虛筆，故于後文不犯。◎蒙側：有日：『富貴不還鄉，如衣錦夜行。』今日周瑞家的得遇劉姥姥，實可謂錦衣不夜行者。◎甲：寫出阿鳳勤勞冗雜，并驕矜珍貴等事來。）說着一齊下了炕，打掃打掃衣服，又教了板兒幾句話，隨着周瑞家的，逶迤往賈璉的住宅來。

先至了倒廳，周瑞家的將劉姥姥安插在那裏略等一等。自己先過影壁，進了院門，知鳳姐未出來，先找着了鳳姐的一個心腹通房大丫頭，蒙側：三等奴僕，第次不亂。◎甲：着眼。這也是書中一要緊人。《紅樓夢》曲内雖未見有名，想亦在副册内者也。名喚平兒。靖眉：觀警幻情榜，方知余言不謬。◎甲：名字真極，文雅則假。◎靖：要緊人。雖未見有名，想亦在副册内者也。周瑞家的先將劉姥姥起初來歷說明，甲：細。蓋平兒原不知此一人耳。又說：『今日大遠的特來請安。當日太太是常〔八〕會的，今兒不可不見，所以我帶了他進來了。等奶奶下來，我細細回明，奶奶想也不責備我莽撞。』平兒聽了，便作了主意：蒙側：各有（原作自）各自的身份。『叫他進來，先在這裏坐着就是了。』甲：暗透平兒身份。周瑞家的聽了，方出去領了他們進院來。上了正房臺磯，小丫頭打起了猩紅氈簾，甲：是冬日。才入堂屋口，祇〔九〕聞一陣香撲了臉來，甲：是劉姥姥鼻中。竟不辨是何氣味，身子如在雲端裏一般。甲：是劉姥姥身子。滿屋之物，都是耀眼爭光，使人頭暈目眩〔十〕。蒙側：是寫府第奢華，還是寫劉姥姥粗夯？大抵村舍人家見此等氣象，未有不破膽驚心。迷魄醉魂者。◎甲：是劉姥姥頭目。劉姥姥斯時惟點頭、咂嘴、念佛而已。蒙側：劉姥姥猶能念佛，已自出人頭地矣。◎甲：六字盡矣。如何想來。于是來至東邊這間屋内，乃是賈璉的女兒大姐兒睡覺之所。蒙側：不知不覺先到大姐寢室，豈非有緣？◎甲：記清！平兒站在炕沿邊，打量了劉姥姥兩眼，甲：寫豪門侍兒。祇得甲：字法。問個好，讓坐。劉姥姥見平兒遍身綾羅，插金帶銀，花容玉貌的，甲：從劉姥姥心中目中略寫，非平兒正傳。便當是鳳姐兒。

蒙側：的真！有是情理。◎甲：逼肖！才要稱姑奶奶，忽見稱周瑞家的是『周大娘』，方知不過是個有些體面的丫頭。于是讓劉姥姥和板兒上了炕，平兒和周瑞家的對面坐在炕沿上，小丫頭們斟了茶，來吃茶。

劉姥姥衹聽見『咯噔』『咯噔』的響聲，大有似乎打籮櫃篩面的一般，甲：從劉姥姥心中意中幻擬寫出文字。不免東瞧西望的。忽見堂屋中柱子上挂着一個匣子，底下又墜着一個秤砣般的一物，卻不住的亂晃。甲：從劉姥姥心中目中設譬擬想，真是鏡花水月。劉姥姥心中想着：『這是個什麼愛物兒？有啥〔十二〕用呢？』正呆想時，甲：三字有勁。聽得『當』的一聲，又若金鐘銅磬一般，不防倒唬的轉眼。接着又是一連八九下。甲側：寫得出！◎甲：細。是巳時。方欲問時，蒙側：劉姥姥不認得，偏不令問明。衹見小丫頭子們一齊亂跑，說：『奶奶下來了。』蒙側：即以『奶奶下來了』之結局，是畫雲龍妙手。平兒、周瑞家的忙起身，命劉姥姥：『衹管坐着，等是時候，我們來請你。』說着，都迎出去了。

劉姥姥衹屏聲側耳默候。衹聽遠遠有人笑聲，甲側：寫的（原作得）是（原作侍）僕婦。約有一二十婦人，衣裙窸窣，漸入堂屋內去了。又見兩三個婦人，都捧着大漆捧盒，進這邊來等候。聽得那邊說了聲『擺飯』，漸漸的人才散出，衹有伺候端菜幾人。半日鴉雀不聞之後，忽見兩個人抬了一張炕桌來，放在這邊炕上，桌上盤碗森列，仍是滿滿的魚肉在內，不過略動了幾樣。蒙側：白描入神。板兒一見了，便吵着要肉吃，劉姥姥一巴掌打了他去。忽見周瑞家的笑嘻嘻走過來，招手兒叫他。劉姥姥會意，于是攜了板兒下炕，至堂屋中，周瑞家的又向他囑咐了一會，方蹭到這邊屋內來。

衹見門外鏨〔十二〕銅鈎上懸着大紅灑花軟簾，甲側：從門外寫來。南窗下是炕，炕上大紅氈條，靠東邊板壁，立着一個鎖子錦靠背，與一個引枕，鋪着金心閃緞大坐褥，旁邊有銀唾盒。那鳳姐兒家常戴着紫貂昭君套，圍着攢珠勒子，穿着桃紅灑花襖，石青刻絲灰鼠皮褂，大紅洋縐銀鼠皮裙，粉光脂艷，端端正正坐在那裏，甲：一段阿鳳房室起居器皿，家常正傳，奢侈珍貴好奇貨注脚，寫來真是好看。手內拿着小銅火箸兒，撥手爐內的灰。甲側：至平，實至奇。稗官中未見此筆。◎靖眉：雖平常而至奇，稗官中未見。◎甲：這一句是天然地設，非別文杜撰妄擬者。平兒站在炕沿邊，捧着小小的一個填漆茶盤，盤內一小蓋鐘。鳳姐也不接茶，也不抬頭，甲側：神情宛肖。衹管撥手爐內的灰，慢慢的問道：『怎麼還不請進來？』甲側：此等筆墨，真可謂追魂攝魄。◎蒙側：『還不請進來』五字，寫盡天下富貴人侍〔原作代〕窮親戚的態度。一面說，一面抬頭要茶時，衹見周瑞家的已帶了兩個人在地下站着了。這才忙欲起身，滿面春風的問好，又嗔周瑞家的怎麼不早說。劉姥姥在地下已是拜了數拜，問姑奶奶安。鳳姐忙說：『周姐姐，快攙起來！別拜罷，請坐。我年輕，不大認得，可也不知是什麼輩數，不敢稱呼。〔十三〕』周瑞家的忙回道：『這就是我才回的那姥姥了。』甲側：鳳姐雲『不敢稱呼』，周瑞家的雲『那個姥姥』。凡三四句一氣讀下，方是鳳姐聲口。鳳姐點頭。劉姥姥已在炕沿上坐下了。板兒便躲在他背後，百端的哄他出來作揖，他死也不肯。

鳳姐笑道：（甲側：二笑。）『親戚們不大走動，都疏遠了。知道的呢，說你們弃厭我們，不肯常來；不知道的那起小人，還衹當我們眼裏沒人似的。』（甲側：阿鳳真真可畏、可惡！◎蒙側：偏會如此寫來，教人愛煞！）劉姥姥忙念佛道：（甲側：如聞。）『我們家道艱難〔十四〕，走不起，來在這裏，沒的給姑奶奶打嘴，就是管家爺們看着也不像。』鳳姐笑道：（甲側：三笑。）『這話沒的叫人惡心。不過借賴着祖父虛名，作個窮官兒罷了。誰家有什麼！不過是舊日的空架子。俗語說，「朝廷還有三門子窮親戚」呢，何况你我？』（蒙側：點醒多少勢利鬼。）說着，又問周瑞家的回了太太沒有。（甲側：一筆不肯落空，的是阿鳳！）周瑞家的道：『如今等奶奶的示下。』鳳姐道：『你去瞧瞧，要是有事就罷，得閑就回，看怎麼說。』（蒙側：『看』之一字細極！）周瑞家的答應着去了。

這裏鳳姐叫人抓些果子與板兒吃，剛問些閑話時，就有家下許多媳婦管事的來回話。（甲側：不落空家務事，却不實寫。妙極，妙極！）平兒回了，鳳姐道：『我這裏陪着客呢，晚上再來回。若有很要緊的，你就帶進來。』平兒出去一會，進來說：『我都問了，沒什麼緊事，我就叫他們散了。』（蒙側：能事者故自不凡。）鳳姐點頭。衹見周瑞家的回來，向鳳姐道：『太太說了，今日不得閑，二奶奶陪着便是一樣。多謝費心想着。白來逛逛便罷；若有甚說的，衹管告訴二奶奶。』劉姥姥道：『也沒甚說的，不過是來瞧姑太太、姑奶奶，也是親戚們的情分。』周瑞家的道：『沒有什麽說的便罷；若有說的，祇管回二奶奶，是和太太一樣的。』（甲側：周婦系真心爲老嫗也，可謂得方便。）一面遞眼色與劉姥姥。（甲側：何如？余批不謬。）劉姥姥會意，未語先飛紅了臉，欲待不說，今日又所為何也？祇得忍耻說道：（甲眉：老嫗有『忍耻』之心，故後有招大姐之事，作者并非泛寫，且爲求親靠友下一棒喝。）◎（蒙側：開口告人難。）『論理，今兒初次見姑奶奶，卻不該說，祇是大遠的奔了你老來，也少不的說了。』

剛說到這裏，祇聽二門上小廝們回說：『東府裏小大爺來了。』鳳姐忙止劉姥姥：『不必說了。』一面便問：『你蓉大爺在那裏呢？』（甲側：慣用此等『橫雲斷山法』。）祇聽一路靴子腳響，進來了一個十七八歲的少年，面目清秀，身材夭矯，輕裘寶帶，美服華冠。（甲側：如紈袴寫照。）劉姥姥此時坐不是，立不是，沒藏處。鳳姐笑道：『你祇管坐着，這是我侄兒。』劉姥姥方扭扭捏捏在炕沿上坐了。

賈蓉笑道：『我父親打發我來求嬸子，說上回老舅太太給嬸子的那架玻璃炕屏，明日請一個要緊的客，借了略擺一擺就送來。』（甲側：夾寫鳳姐好獎譽。）鳳姐道：『說遲了，昨日已經給了人了。』賈蓉聽說，笑着在炕沿下半跪道：『嬸子若不借，就說我不會說話了，又挨一頓好打呢！嬸子祇當可憐侄兒罷！』鳳姐笑道：（甲側：又一笑，凡五。）

◎靖眉：五笑寫鳳姐活躍紙上。何如？當知前批不謬。『也沒有見我們王家的東西都是好的不成？你們那裏放着那些東西，衹是看不見，偏我的就是好的〔十五〕。』賈蓉笑道：『那裏如這個好呢！衹求開恩罷！』鳳姐道：『碰一點兒，你可仔細你的皮！』因命平兒拿了樓門的鑰匙，傳幾個妥當人來抬去。賈蓉喜的眉開眼笑，忙說：『我親自帶了人拿去，別由他們亂碰。』說着便起身出去了。

這裏鳳姐忽又想起一事來，便向窗外叫：『蓉兒回來！』外面幾個人接聲說：『蓉大爺快回來！』賈蓉忙復身轉來，垂手侍立，聽何示下。甲眉：傳神之筆，寫阿鳳躍躍紙上。那鳳姐衹管慢慢的吃茶，出了半日神，方笑道：『罷了，你且去罷，蒙側：試想『且去』以前的豐態，其心思用意，作者無一筆不巧，無一事不麗。晚飯後，你再來說罷。這會子有人，我也沒精神了。』賈蓉應了，方慢慢的退去。甲側：妙！却是從劉姥姥身邊目中寫來。度至下回。

這裏劉姥姥心身方安，才〔十六〕又說道：『今日我帶了你侄兒來，也不為別的，衹因他老子娘在家裏，連吃都沒有。如今天又冷了，越想沒個派頭，衹得帶了你侄兒奔了你老來。』說着又推板兒道：『你那爹在家怎麼教導你了？打發咱們作啥事來？衹顧吃果子咧。』鳳姐早已明白了，聽他不會說話，因笑止道：甲：又一笑。凡六。自劉姥姥來，凡笑五次，寫得阿鳳乖滑伶俐，合眼如立在前。若會說話之人便聽他說了，阿鳳厲害處正在此。問看官常有將挪移借貸已說明白了，彼仍推聾裝（原作妝）啞，這人爲阿鳳若何？呵呵，一嘆！『不必說了。我知道了。』

因問周瑞家的道：『這姥姥不知可用了早飯沒有呢？』劉姥姥忙道：『一早就往這裏趕咧，那裏〔十七〕還有吃飯的工夫咧。』鳳姐聽說，忙命人快傳飯來。一時周瑞家的傳了一桌客饌來，擺在東邊屋内，過來帶了劉姥姥和板兒過去吃飯。鳳姐說道：『周姐姐，好生讓着些兒，我不能陪了。』于是過東邊房裏來。

鳳姐又叫過周瑞家的去，問他：『方才回了太太，說了些什麼？』周瑞家的道：『太太說，他們家原不是一家子，不過因為一姓，當年又與老太爺在一處作官，偶然連了宗的。這幾年來，也不大走動。當時他們來一回，卻也沒空了他們。今兒來了，瞧瞧我們，是他的好意思〔十八〕，甲側：窮親戚來看，是『好意思』，余又自《石頭記》中見了。嘆嘆！◎甲眉：王夫人數語，令余幾（原無）欲哭出。◎靖眉：窮親戚來是好意思，余又自《石頭記》中見了。嘆嘆！數語令我欲哭。也不可簡慢了他。便是有什麼說的，叫二奶奶裁奪着就是了。』鳳姐聽了，說道：『我說呢，既是一家子，我如何連影兒也不知道？』

說話時，劉姥姥已吃畢飯，拉了板兒過來，舔唇咂嘴〔十九〕的道謝。鳳姐笑道：『且請坐下，聽我告訴你老人家。方才的意思，我已知道了。若論親戚之間，原該不待上門來，就該有照應才是。但如今家裏雜事太煩，太太漸上了年紀，一時想不到也是有的。甲側：點『不待上門就該有照應』數語，此亦于《石頭記》再見話頭。況是我進來接着管些事，都是不大知道這些親戚們。二則，外頭看着這裏，雖是烈烈轟轟的，殊不知大有大的難處〔二十〕，說與人也未必信罷了。今兒你既老遠的來了，又是頭一次見我張口，怎好叫你空回去的。甲側：也是《石頭記》再見了。嘆嘆！可巧昨兒太太給我的丫頭們做衣裳的二十兩銀子，我還沒使呢，你們不嫌少，就暫且先拿了去罷』。蒙側：鳳姐能事，在能體王夫人的心，托故周全，無過不及之弊（原作蔽）。

那劉姥姥先聽見告難，衹當是沒有，心裏便突突的；甲側：可憐，可嘆！後來聽見給他二十兩，喜的渾身又發癢起來，甲側：可憐，可嘆！說道：『哎，我也知道艱難的。但俗語說：「瘦死的駱駝比馬大」，憑他怎麼，你老拔根寒毛，比我們的腰還粗呢！』靖眉：如見如聞。此種話頭，作者從何想來？應是心花欲開之候（原作侯）。周瑞家的在旁聽他說的粗鄙，衹管使眼色止他。鳳姐聽了，笑而不睬，衹命平兒把昨日那包銀子拿來，再拿一串錢來，甲側：這樣常例，亦再見。都送至劉姥姥跟前。鳳姐乃道：『這是二十兩銀子，暫且給這孩子做件冬衣罷。若不拿着，可真是怪我了。這錢，雇了車子坐罷。改日無事，衹管來，方是親戚們的意思。天也晚了，也不虛留你們了，到家裏該問好的，問個好兒罷。』蒙側：口角春風，如聞其聲。一面說，一面就站了起來。

劉姥姥衹管千恩萬謝的，拿了銀錢，隨周瑞家的來至外廂。周瑞家的道：『我的娘！你見了他，怎麼倒不會說了？開口就是「你侄兒」。我說句不怕你惱的話，便是親侄兒，也要說和軟些。那蓉大爺才是他的正緊侄兒呢，他怎麼又跑出這麼個侄兒來了？』蒙側：不自量者，每每有之，而能不露圭角，形諸無事，鳳姐亦可謂人豪矣！◎甲：與前『眼色』真對，可見文章中無一個閑字。爲財勢一哭！

劉姥姥笑道：『我的嫂子，甲側：赧顏如見。我見了他，心眼兒裏愛還愛不過來，那裏還說的上話來了！』二人說着，又至周瑞家的屋子裏坐了片刻。劉姥姥便要留下一塊銀子與周瑞家的兒女買果子吃。周瑞家的如何放在眼裏，執意不肯。劉姥姥感謝不盡，仍從後門去了。要知端詳，且聽下回分解。正是：

得意濃時易接濟，受恩深處勝親朋！

總評

夢裏風流，醒後風流，試問何真何假？劉姆乞謀，蓉兒借求，多少顛倒相酬。英雄反正用機籌，不是死生看守。甲：『一進榮府』一回，曲折頓挫，筆如游龍，且將豪華舉止，令觀者已得大概，想作者應是心花欲開之時。

借劉嫗入阿鳳正文，『送宮花』寫『金玉初聚』爲引，作者真筆似游龍，變幻難測，非細究至再三再四不計其數，那能領會也？嘆嘆！

校記

〔一〕原文無『將自己』三字，據庚辰本補。
〔二〕原文無『狗兒』二字，據庚辰本補。
〔三〕此處的『撣了撣』，原文爲『彈彈』，據庚辰本改。
〔四〕此處的『蹭』字，甲戌本寫作『碽』。
〔五〕此處的『瞅』字，原文爲『揪』，校者改。
〔六〕原文無『進了後門，至一院墻邊，指與劉姥姥』一句，據庚辰本補。
〔七〕此處的『出挑』二字，原文爲『出條』，據庚辰本改。
〔八〕此處的『常』字，原文爲『長』，據庚辰本改。
〔九〕原文無『祇』字，據蒙府本補。
〔十〕此處的『暈』字，原文爲『懸』，據蒙府本改。
〔十一〕此處的『啥』字，原文爲『煞』，校者改。
〔十二〕此處的『鏨』字，原文爲『鑿』，據庚辰本改。
〔十三〕原文無『周姐姐，快攙起來！别拜罷，請坐。我（原作我的）年輕，不大認得，可也不知是什麽輩數，不敢稱呼』一句，據庚辰本補。

〔十四〕此處的『家道艱難』四字，原文爲『家難』，據蒙府本改。
〔十五〕原文無『偏我的就是好的』一句，據庚辰本補。
〔十六〕原文無『才』字，據庚辰本補。
〔十七〕原文無『那裏』二字，據庚辰本補。
〔十八〕此處的『好意思』三字，原文爲『好意』，據甲戌本改。
〔十九〕此處的『舔舌咂嘴』四字，原文爲『舔舌打嘴』，校者改。
〔二十〕此處的『大有大的難處』數字，原文爲『大有大用的艱難去處』，據蒙府本改。

第七回 尤氏女獨請王熙鳳 賈寶玉初會秦鯨卿

【回前】苦盡甘來遞轉，正强忽弱誰明。惺惺自古惜惺惺，世運文章操勁。無縫機關難見，多才筆墨偏精。有情情處特無情，何是人人不醒。

靖：他小説中一筆作兩三筆者，一事啓兩事者均曾見之。豈有似『送花』一回，間三帶四、攢花簇錦之文哉！

題曰：

十二花容色最新，不知誰是惜花人。
相逢若問何名氏，家住江南姓本秦。

話說周瑞家的送了劉姥姥去後，便上來回王夫人。不回鳳姐，却回王夫人；不交代處，正交代得清楚。誰知王夫人不在上房。問丫鬟們時，方知往薛姨媽那邊閑話去了。文章祇是隨筆寫來，便有流麗生動之妙！周瑞家的聽說，便轉東角門出至東院，往梨香院來。剛至院門前，祇見王夫人的丫鬟名金釧，金釧、寶釵互相映射。妙！和一個才留了頭發的小女孩兒，站在臺磯〔一〕石上玩。蓮卿別來無恙否！見周瑞家的來了，便知有話回，因〔二〕向内努嘴兒。畫。周瑞家的輕輕掀簾進去，祇見王夫人和薛姨媽長篇大套的說些家務人情的話。蒙側：非此等事，不能『長篇大套』。

周瑞家的不敢驚動，遂進裏間來。總用雙歧岔路之筆，令人估料不到之文。祇見薛寶釵自入梨香院，至此方寫。穿着家常衣服，甲眉：『家常愛着舊衣裳（原作常）』是也。◎好！寫一人換一副筆墨，另出花樣。頭上祇插着釵兒，坐在炕裏邊，伏在小炕幾上，同丫鬟鶯兒正描花樣子呢。一幅《綉窗仕女圖》，虧想得周到！見他進來，寶釵便放下筆，轉過身來，滿面堆笑讓：『周姐姐坐！』周瑞家的也忙賠笑問：『姑娘好？』一面炕沿邊坐了，因說：『這有兩三天也沒見姑娘到那邊逛逛去，祇怕是你寶玉兄弟衝撞了不成？』一人不漏，一筆不板。寶釵笑道：『那裏的話。祇因我那種病又發了兩天，甲眉：『那種病』『那』字，與前二玉『不知因何』二『又』字，皆得天成地設之體，且省却多少閑文，所謂『惜墨如金』是也。所以且靜養兩日。』得空便入。周瑞家的道：『正是呢，姑娘到底有什麼病根兒，也該趁早兒請個大夫來，好生開個方子，認真吃幾劑藥，一勢除了根才是。小小的年紀，倒坐下個病根兒，也不是玩的。』寶釵聽說，便笑道：『再不要提吃藥。為這病，請大夫吃藥，也不知白花了幾許銀子錢的！憑你什麼名醫仙方，不見一點兒效。後來還虧了一個禿頭和尚， 奇奇怪怪，真如雲龍作雨，忽隱忽現，別人逆料不到。 說『專治無名之癥』，因請他看了。他說：我這是從胎帶來的一股熱毒， 甲側：凡心偶熾，是以孽火齊攻。◎『熱毒』二字畫出富家夫婦，圖一時，遺害于子女，而可不謹慎？ 幸而我先健壯， 渾厚故也，假使（原作是）顰、鳳輩，不知又何如治之？ 還不相幹。若吃凡藥，是不中用的。他就說了一個海上方，又給了一包末藥作引，异香异氣的，不知是那裏弄來的。他說發了時，吃一丸就好。倒也奇怪，這倒效驗些。』 卿不知從那裏弄來，余（原作予）則深知。是從放春山采來，以灌愁海水和成，煩廣寒宮玉兔搗碎，在太虛幻境空靈殿上炮制配合者也。

周瑞家的因問道：『不知是個什麼海上方兒？姑娘說了，我們也記着，說與人知道，倘遇見這樣的病，也是行好的事。』寶釵見問，乃笑道：『不問這方兒還好，若問起這方兒，真真把人瑣碎壞了。東西藥料一概都有限易得的，衹難得「可巧」二字：要春天開的白牡丹花蕊十二兩， 蒙側：周歲十二月之像（原作象）。◎凡用十二字樣，皆照應（原作無應，校者加）十二金釵。 夏天開的白荷花蕊十二兩，秋天開的白芙蓉花蕊十二兩，冬天開的白梅花蕊十二兩。這四樣花蕊，于次年春分這日曬幹，和在末藥一處，一齊研好。又要雨水這日的雨水十二錢……』周瑞家的忙道：『哎喲喲！這樣說來，這就得三年的工夫。倘或雨水這日竟不下雨，可又怎處呢？』寶釵笑道：『所以了，那裏有這樣可巧的雨？便沒雨，也祇好再等罷了。白露這日露水十二錢，霜降這日的霜十二錢，小雪這日的雪十二錢。把這四樣水調勻，和了丸藥，再加十二錢蜂蜜，十二錢白糖，丸成龍眼大的丸子，盛在舊磁罐內，埋在花根底下。若發了病時，拿出來吃一丸，用十二分黃柏歷着炎凉，知着甘苦，雖離別亦自能安，故名曰『冷香丸』；又以謂香可冷得，天下一切無不可冷者。煎湯送下。』末用黃柏，更妙！可知『甘苦』二字，不獨十二釵，世間皆有者。

周瑞家的聽了，笑道：『阿彌陀佛，真巧死了人！等十年未必都這樣巧呢！』寶釵道：『竟好，自他說了去後，一二年間，可巧都得了，好容易配成一料。如今從南帶至北，現就埋在梨花樹下。』『梨香』二字有着落，并未虛虛白設。

周瑞家的又道：『這藥可有名字沒有呢？』寶釵道：『有。甲側：一字句。這也是那癩和尚說下的，叫作「冷香丸」。』新雅，奇甚！周瑞家的聽了點頭兒，因又說：『這發病了時，到底覺怎樣？』寶釵道：『也不覺什麼，祇不過喘嗽些，吃一丸也就罷了。』以花爲藥，可是吃烟火人想得出者？諸公且不必問其事之有無，祇據此新意妙文，悅我等心目，便當浮三白讀之！

周瑞家的還欲說話時，忽聽得王夫人問：蒙側：了結得齊整。『誰在裏頭？』周瑞家的忙出去答應了，趁便回了劉姥姥之事。略待半刻，見王夫人無話，方欲退出，行文原祇在一二字，便有許多省力處。不得此竅者，便在窗下十分扭捏。薛姨媽忽又笑道：『忽』字、『又』字與『方欲』二字映射。『你且站住！我有一宗東西，你帶了去罷！』說着，叫：『香菱！』二字仍從『蓮』上來。蓋『英蓮』者，『應憐』也；

『香菱』者，亦『相憐』之意。此改名之『英蓮』也。祇聽簾櫳響處，方才和金釧玩的那個小丫頭進來了，問：『奶奶叫我做什麼〔三〕？』甲：這是英蓮天生成的口氣。妙甚！薛姨媽道：『把那匣子裏的花兒拿來！』香菱答應了，向那邊捧了小錦匣子來。薛姨媽乃道：『這是宮裏頭做的新鮮樣法，堆紗花十二枝。昨日我想起來，白放着可惜舊了，何不給他們姊妹們戴去。昨兒要送去，偏又忘了。你今兒來的巧，就帶了去罷！你家的三位姑娘，每人兩枝，下剩六枝，送林姑娘兩枝，那四枝給了鳳哥兒罷。』妙文！今古小說中，可有如此口吻者？王夫人道：『留着給寶丫頭戴罷了，又想着他們。』薛姨媽道：『姨娘不知道，寶丫頭古怪呢！』『古怪』二字，正是寶卿身份。他從來不愛惜這些花兒粉兒的。』甲：可知周瑞一回，正爲寶、菱二人所有，正《石頭記》得力處也。

說着，周瑞家的拿了匣子，走出房門，見金釧仍在那裏曬日陽。周瑞家的因問他道：『那香菱小丫頭子，可就是時常說臨上京時買的、為他打人命官司的那個丫頭子？』蒙側：點醒從來。金釧道：『可不就是。』出明英蓮。正說着，祇見香菱笑嘻嘻的走來。周瑞家的便拉了他的手，細細的看了一會，因向金釧兒笑道：『倒好個模樣兒！竟有些像咱們東府裏蓉大奶奶的品格兒。』『一擊兩鳴法』，二人之美，并可知矣。再忽然想到秦可卿，靈妙之極！假使說像榮府中所有之人，則死板之至，故遠遠以可卿之貌爲譬，似極扯淡，然却（原作都）是天下必有之情事。金釧笑道：『我也是這麼說呢。』周瑞家的又問香菱：『你幾歲投身到這裏？』又問：『你父母今在何處？今年十幾歲了？本處是那裏人？』香菱聽問，都搖頭說：『記不得了。』傷痛之極！亦必如此收住方妙。不然，則又將作出『香菱思鄉』一段文字。周瑞家的和金釧兒聽了，倒反為嘆息傷感一回。蒙側：西施心疼之態，其時自己也還耐得，倒是旁人替（原作留）伊爲多少思慮不盡（原作禁）無窮痛楚之（原無）香菱。其是乎？否乎？

一時，周瑞家的攜花至王夫人正房後來。原來近日賈母說孫女們太多了，一處擠着倒不便，祗留寶玉、黛玉二人在這邊解悶，卻將迎、探、惜三人移到王夫人這邊房後三間小抱廈內居住，令李紈陪伴照管。不作一筆安逸之筆。如此周瑞家的故順路往這裏來，祗見幾個小丫頭子都在抱廈內聽呼喚默坐。迎春的丫鬟司棋與探春的丫鬟待書甲：妙名！賈家四釵之鬟（原作妙），暗以『琴』『棋』『書』『畫』四字列名，省力之甚，醒目之甚，却是俗中不俗處。二人正掀簾子出來，手裏都捧着茶盤、茶鍾，周瑞家的便知他姊妹在一處坐着，遂進房內，祗見迎春、探春二人正在窗下下（四）圍棋。周瑞家的將花送上，說明原故。他二人忙住了棋，都欠身道謝，命丫鬟收了。

周瑞家的答應了（五），因說：『四姑娘不在房裏，祗怕在老太太那邊呢。』丫鬟們道：『在那屋裏不是？』用畫家『三五聚法』寫來，方不死板。周瑞家的聽了，便往這屋內來。祗見惜春正同水月庵列：即饅頭庵。的小姑子智能兒兩個一處玩笑。甲眉：閑閑一筆，却將後半部綫索提動。◎總是得空便入。百忙中又帶出王夫人喜施捨事，一筆能令千百筆用，又伏後文。見周瑞家的進來，惜春便問他何事。周瑞家的便把花匣打開，說明原故。惜春笑道：『我這裏正和智能兒說，我明兒也剃了頭，同他作姑子去呢！可巧又送了花兒來；若剃了頭，可把這花兒戴在那裏？』蒙側：觸景生情，透漏身份。說着，大家取笑一回。惜春命丫鬟入畫來收。曰司棋，曰待書，曰入畫；後文補抱（原作寶）琴。『琴』『棋』『書』『畫』四字最俗，上添一虛字，便覺新雅許多。

周瑞家的因問智能兒：『你是什麼時候來的？你師父那禿歪拉往那裏去了？』智能兒道：『我們一早兒就來了。我師父見過太太，就往于老爺府裏去了，叫我在這裏等他呢！』又虛陪一個于老爺，可知和尚僧尼者，皆愚人也。周瑞家的又道：『十五的月例香供銀子，可得了沒有？』智能兒搖頭說：『不知道。』妙！年輕未諳事也。一應騙布施、哄齋供諸惡，俱是老禿賊設局。寫一種人，一種人活現！惜春聽了，便問周瑞家的：『如今各廟月例銀子，都是誰管着？』周瑞家的道：『是余信管着。』蒙側：寫家奴每相妒毒，人前有意傾陷。◎明點『愚性』二字。惜春聽了，笑道：『這就是了。他師父一來了，余信家的就趕上來，和他師父咕唧了半日。想是就為這事了。』一人不落，一事不忽，伏下多少後文。豈真爲送花哉！

那周瑞家的又和智能兒嘮叨了一回，便往鳳姐處來。穿夾道，從李紈後窗下過，細極！李紈雖無花，豈可不寫者？故用此順筆便墨間帶出，使觀者不忽。隔着玻璃窗戶，見李紈在炕上歪着睡覺呢，遂〔六〕越西花牆，出西角門，進鳳姐院中。走至堂屋，祇見小丫頭豐兒坐在鳳姐的門檻子上。見周瑞家的來了，連忙二字着緊。擺手兒，叫他往東房裏去。周瑞家的會意，慌的躡手躡腳的往東邊房裏來，祇見奶子正拍着大姐兒睡覺呢。從不重犯，寫一次有一次新樣文字。周瑞家的悄問奶子道：『奶奶睡中覺呢？也該請醒！』奶子搖頭兒。有神理。正問着，衹聽那一陣笑聲，卻有賈璉的聲音。接着，房門響處，平兒拿着大銅盆出來，甲側：閱者試掩卷思之。叫豐兒舀水進去。甲眉：余素所藏仇十洲《幽窗聽鶯暗春圖》，其心思筆墨，已是無雙；今見此阿鳳一傳，則覺畫工太板。◎妙文，奇想！阿鳳之爲人，豈有不着意『風月』二字之理哉？若直以明筆寫之，不但唐突阿鳳聲價，亦且無妙文可賞；若不寫，又萬萬不可。故衹用『柳藏鸚鵡語方知』之法，略一皴染，不獨文字有隱微，亦且不至污瀆阿鳳之英風俊骨。所謂此書無一不妙。（原無）平兒便進這邊來，見了周瑞家的便問：『你老人家又跑了來做什麼？』周瑞家的忙起身，拿匣子與他，說送花之事。平兒聽了，便打開匣子，拿了四枝，轉身去了。半刻工夫，手裏又拿出兩枝來，攢花簇錦文字，故使人耳目眩（原爲『眩』，即少一筆）亂。先叫彩明來，吩咐他：『送到那邊府裏，給小蓉大奶奶戴去。』『忙中更忙』，『密處不容針』，此等處是也。次後方命周瑞家的回去道謝。

周瑞家的這才往賈母這邊來。過了穿堂，頂頭忽見他女兒打扮着，才從他婆家來。周瑞家的忙問：『你這會子跑來做什麼？』他女兒笑道：『媽一向身上好？我在家裏等了這半日，媽竟不出去。什麼事情，這樣忙的不回家？我等煩了，自己先到了老太太跟前請了安了，這會子請太太的安去。媽還有什麼不了的差事？手裏是什麼東西？』周瑞家的笑道：『哎！今兒偏偏兒的來了劉姥姥，我自己多事，為他跑了半日；這會子又被姨太太看見了，送這幾枝花兒與姑娘奶奶們。這會子還沒送清白呢！你這會子跑來，一定有什麼事情的。』女兒笑道：『你老人家倒會猜。實對你說，你女婿前兒因多吃了兩杯酒，和人分爭起來，不知怎的被人放了一把邪火，說他來歷不明，告到衙門裏，要遞解他還鄉。所以我來和你老人家商議商議，這個情分，求那個才了事？』周瑞家的聽了道：『我就知道的。有什麼大不了的事情！你且回去等着。我送林姑娘的花兒去了就回家。此時太太、二奶奶都不得閑兒，你回去等我。這沒有什麼忙的。』他女兒聽說如此，便回去了，還說：『媽！好歹快來。』周瑞家的道：『是了。小人家沒經過什麼事的，就急得那樣兒了！』說着，便到黛玉房中去了。又生出一小段來，是榮府中常事，亦是阿鳳正文。若不如此穿插，直用一送花到底，太板，不是此筆墨矣。

誰知黛玉此時不在自己房中，却在寶玉房中，大家解九連環作戲。妙極！又一花樣。此時二玉已隔房矣。周瑞家的笑道：『林姑娘！姨太太着我送花來與姑娘戴。』寶玉聽說，先便說：『什麼花？拿來給我。』一面早伸手接過來了。瞧他夾寫寶玉。開匣看時，原來是兩枝宮制堆紗新巧的假花。此處方細寫花形。黛玉衹就寶玉手中看一看，妙！看他寫黛玉。便問道：『還是單送我一個人的，還是別的姑娘們都有？』在黛玉心中，不知有何丘壑？周瑞家的道：『各位都有了，這兩枝是姑娘的了。』黛玉再看了一看（七），冷笑道：『我就知道，別人不挑剩下的，也不給我。』吾實不知：黛玉心中有何丘壑？周瑞家的聽了，一聲兒也不言語。甲眉：余閱（原作問）『送花』一回，薛姨媽雲『寶丫頭不喜這些花兒粉兒的』，則謂是寶釵正傳。又出（原做主）阿鳳、惜春一段，則又知是阿鳳正傳。今又到顰兒一段，却又將阿顰之天性，從骨中一寫，方知亦系顰兒正傳。小說中一筆作兩三筆者有之，一事啓兩三（原無）事者有之，未有如此恒河沙數之筆也！寶玉便問道：『周姐姐，你為什麼到那邊去了？』周瑞家的因說：『太太在那裏，因回話去了，姨太太就順便叫我帶了來。』寶玉道：『寶姐姐在家做什麼呢？怎麼這幾日也不過來？』周瑞家的道：『身上不大好呢！』寶玉聽了，便和丫頭說：『誰去瞧瞧？就說我和林姑娘打發來問姨娘、姐姐安，『和林姑娘』四字着眼！問姐姐是什麼病？吃什麼藥？論理我該親自來的，說我才從學裏回來，也着了些涼，甲眉：余觀『才從學裏來』幾句，忽追思昔日形景，可嘆！想紈袴小兒，自開口云『學裏』，亦如市俗人開口便云『有些小事』，然何嘗真有事哉！此掩飾推托之詞耳。寶玉若不云『從學房裏來涼着』，然則便云『因憨玩時涼着』者哉？寫來一笑，繼之一嘆！异日再親來。』說着，茜雪便答應去了。周瑞家的自去無話。

原來這周瑞家的女婿，便是雨村的好友冷子興，着眼。近因古董和人打官司，故遣女人來討情分。周瑞家的仗着主子的勢利，把這些事也不放在心上，晚間衹求求鳳姐兒。

便至掌燈時分，鳳姐已卸了妝，來見王夫人，回說：『今兒甄家又是甄家。送了來的東西，我已收了。不必細說方妙。咱們送他的，趁着他家有年下送鮮的船去，一并都交給他們帶了去了。』王夫人點頭。鳳姐又道：『臨安伯老太太生日的禮，已經打點了，太太派誰送去？』阿鳳一生奸處。王夫人道：『你瞧誰閑着，衹管打發四個女人去就完了，又當什麼正經事問我？』蒙側：各有（原作自）各自心計，在問答之間，渺茫欲露。◎虛描一事，真真千頭萬緒！紙上雖一回兩回中或不能寫到阿鳳之事，然已有阿鳳在彼處手忙心忙矣，觀此回可知矣。鳳姐又笑道：『今日珍大嫂子來，請我明日過去逛逛。明兒倒沒有什麼事。』王夫人道：『沒事有事都害不着什麼。每常他來請，有我們，你自然不便意。他既不請我們，單請你，可知是他誠心請你散淡散淡，別辜負了他的心。便有事也該過去才是。』蒙側：用人力（原作刀）者，當有此段心想。鳳姐答應了。當下李紈、迎、探等姊妹們亦曾定省畢，各自歸房無話。

次日鳳姐梳洗了，先回王夫人畢，方來辭賈母。寶玉聽了，也要逛去。鳳姐祇得答應着，立等換了衣服，姐兒兩個坐了車，一時進了寧府。早有賈珍之妻尤氏與賈蓉之妻秦氏婆媳兩個，引了多少姬妾、丫鬟、媳婦等接出儀門。那尤氏一見了鳳姐，必先笑嘲一陣，手攜了寶玉同入上房歸坐。秦氏獻茶畢。鳳姐因說：『你們請我來，有什麼東西孝敬，就獻來，我還有事呢！』蒙側：口頭心頭，惟恐人不知。尤氏、秦氏未及答應，地下幾個姬妾先就笑說道：『二〔八〕奶奶今兒不來就罷，既來了，就依不得二奶奶了。』蒙側：非把世態熟于胸中者，不能有如此妙文。正說着，祇見賈蓉進來請安。寶玉因問：『大哥哥今日不在家？』尤氏道：『出城請老爺安去了。』又道：『可是你怪悶的，何不去逛？』

秦氏道：『寶叔叔要見我兄弟，今兒巧，來了。瞧一瞧？』甲眉：欲出鯨卿，却先寫（原無）小妯娌閑閑一聚，隨筆帶出，不見一絲造作（原作作造）。寶玉聽了，即便下炕走。尤氏、鳳姐都忙說：『好生着，忙什麼？』一面便吩咐人好生小心跟着，別委屈着他。倒比不得跟了老太太，過來就罷了。『委屈』二字極不通，却是至情，寫愚婦至矣！鳳姐兒道：「既這麼着，何不請進這秦小爺來，我也瞧瞧。難道我見不得他不成？』尤氏笑道：『罷，罷！可以不必見他，比不得咱們家的孩子們，胡打海摔的慣了。蒙側：偏會反襯，方顯尊重。◎卿家『胡打海摔』。不知誰家方珍憐珠惜？此極自相矛盾，却都極入情，蓋大家婦人（原無）口吻俱如此耳。人家的孩子都是斯斯文文的慣了的，乍見了你這破落戶，被人笑話呢！』鳳姐笑道：甲側：自負得起。『普天下的人，我不笑話就罷，竟叫這小孩子笑話我不成？』賈蓉道：『不是這話，他生的靦腆，沒見過大陣仗兒。嬸子見了，沒的生氣。』鳳姐道：甲側：此等處，寫阿鳳之放縱，是爲後回伏綫。『他是哪吒，我也要見一見！別放你娘的屁了。再不帶來，看給你一頓好嘴巴子！』賈蓉笑嘻嘻的說：『我不敢強，就帶他來。』

說着，果然出去帶進一個小後生來。較寶玉略瘦巧些，清眉秀目，粉面朱唇，身材俊俏，舉止風流，似在寶玉之上。祇見怯怯羞羞，有女兒之態，甲側：伏筆也。不可不知。靦腆含糊的向鳳姐作揖問好。鳳姐喜的手推寶玉，笑道：『比下去了！』不知從何處想來？便探身一把攜了這孩兒的手，就叫他身旁坐了，慢慢問他年紀、讀書等事，分明寫寶玉，却先偏寫阿鳳。方知他學名叫秦鐘。設雲『情種』。古詩雲：『未嫁先名玉，來時本姓秦。』便是此書大綱目，此話大諷刺處。早有鳳姐的丫鬟、媳婦們，見鳳姐初會秦鐘，并未備得表禮來，遂忙過那邊裏告訴平兒。平兒素知鳳姐與秦氏厚密，雖是小後生家，亦不可太儉，遂自做主意，拿了一匹尺頭、兩個『狀元及第』的小金錁子，交付與來人送過去。鳳姐猶笑說『太簡薄』等語。秦氏等謝畢。一時吃過飯，尤氏、鳳姐、秦氏抹骨牌，不在話下。（一人不落，又帶出『強將手下無弱兵』。）

寶玉、秦鐘二人，隨便起坐說話。（淡淡寫來。）那寶玉自一見了秦鐘人品，心中如有所失。痴了半日，自己心中又起了呆意，乃自思道：『天下竟有這等的人物！如今看了，我竟成了泥豬癩狗了。可恨我為什麼生在這侯門公府之家？若生在寒儒薄宦之家，早得與他交結〔九〕了，不枉生了一世。我雖如此比他尊貴，（這一句不是寶玉本心之語，却是古今歷來膏粱紈袴之意。）可知綾錦紗羅，也不過裹了我這根死木；美酒羊羔，祇不過填了我這糞窟泥溝。「富貴」二字，不料遭我荼毒！』（蒙側：此是作者一大發泄處。◎一段痴情，翻『賢賢易色』一句筋鬥，便伏此後朋友中，無復再敢假談道義、虛話倫常矣！）秦鐘自見了寶玉形容出衆，舉止不群，（『不群』二字妙！秦卿目中所取正在此。）更兼金冠綉服，嬌婢侈童，（這二句是貶，不是獎。此八字遮飾過多少魑魅紈袴，秦卿目中所鄙者。）秦鐘心中亦自思道：（甲側：所謂兩情脉脉。）『果然這寶玉，怨不得人人溺愛他。可恨我偏生于清寒之家，不能與他耳鬢交接。可知「貧富」二字限人，亦世間之大不快事。』（蒙側：總是作者大發泄處，借此以伸多少不樂。◎『貧富』二字中，失却多少英雄朋友！）二人一樣的胡思亂想。（作者又欲瞞過衆人。）忽又（二字寫小兒，得神！）有寶玉問他讀什麼書？（寶玉問讀書，亦想不到之大奇事。）秦鐘見問，便因而實答。（四字普天下朋友來看！）二人你言我語，十來句後，越覺親密起來。

一時擺上茶果吃茶，寶玉便說：『我們兩個又不吃酒，把果子擺在裏間小炕上，我們那裏坐去，省得鬧你們。』眼見得二人一身一體矣。于是二人進裏間來吃茶。秦氏一面張羅與鳳姐擺酒果，一面忙進來囑咐寶玉道：『寶叔！你侄兒年小，倘或言語不防頭，你千萬看着我，不要理他。他雖然靦腆，卻性子倔強，不大隨和些是有的。』蒙側：伏後文。◎實寫秦鐘，雙映寶玉。寶玉笑道：『你去罷！我知道了。』秦氏又囑他兄弟一回，方去陪鳳姐。

一時，鳳姐、尤氏又打發人來問寶玉：『要吃什麼，外面有，祇管去要。』寶玉祇答應着，也無心在飲食上，祇問秦鐘近日家務等事。寶玉問讀書，已奇；今又問家務，豈不更奇！秦鐘因說：『業師于去歲病故，家父又年紀老邁，殘疾在身，公務繁冗，因此尚未議及再延師一事，目下不過在家溫習舊課而已。再讀書一事，也必須有一二知己為伴，甲側：眼。◎蒙側：伏綫。時常大家討論，才能進益。』寶玉不待說完，便答道：『正是呢。我們家卻有個家塾，合族中有不能延師的，便可入塾讀書。子弟們中，亦有親戚在內，可以附讀。我因上年業師回家去了，也現荒廢着。家父之意，亦欲暫送我去，且溫習着舊書，待明年業師上來，再各自在家裏亦可。家祖母因說：一則家學裏子弟太多，生恐大家淘氣，反不好；二則也因我病了幾日，遂暫且耽擱着。如此說來，尊翁如今也為此事懸心。今日回去，何不稟明，就往我們這敝塾中來。我也相伴，彼此有益，豈不是好事？』秦鐘笑道：（甲眉：真是可兒之弟！）『家父前日在家提起延師一事，也曾提起這裏的義學倒好，原要來和這裏的親翁商議引薦。因這裏又事忙，不便為這小事來聒絮。寶叔果然度小侄可以磨墨滌硯，何不速速的作成，（甲眉：真是可卿之弟！）彼此不致荒廢，又可以常相談聚，又可以慰父母之心，又可以得朋友之樂，豈不是美事！』（蒙側：痛快淋漓，以至于此！）寶玉道：『放心，放心！咱們回去先告訴你姐夫、姐姐和璉二嫂子。你今日回家就稟明令尊，我回去再回明祖母，再無不速成之理的。』二人計議已定。那天色已是掌燈時候，出來又看他們玩了一會牌。算帳時，卻又是秦氏、尤氏二人輸了戲、酒的東道，（甲側：自然是二人輸。）言定後日吃這東道，一面又說傳晚飯。

飯畢，因天黑了，尤氏說：『先派兩個小子，送了這秦相公家去。』媳婦們傳出去半日，秦鐘告辭起身。尤氏問：『派了誰人送去？』媳婦們回說：『外頭派了焦大，誰知焦大醉了，又罵呢！』（蒙側：惡惡而不能去，善善而不能用，所以流毒無窮，可勝嘆哉！◎可知罵非一次矣。）秦氏卻道（十）：『偏又派他做什麼！放着這些小子們，那一個派不得？偏又惹他去！』（便奇！）鳳姐道：『我成日說你太軟弱了，縱的家裏人這樣，還了得呢！』尤氏嘆道：『你難道不知這焦大的？連老爺都不理他，你珍大哥也不理他。因他從小兒跟着太爺們出過三四回兵，從死人堆裏，把太爺背了出來，得了命；自己挨着餓，卻偷了東西來，給主子吃；兩日沒得水，得了半碗水，給主子喝，他自己喝馬溺。不過仗這些功勞情分，有祖宗時都另眼相待。如今誰肯難為他？他自己又老了，又不顧體面，一味的吃酒，一吃醉了，無人不罵。蒙側：有此功勞，不可輕易摧（原作推）折，亦當處之以（原無）道，厚其贍養（原作瞻仰），尊其等次。送人回家，原非（原作作）酬功之事。所謂漢之功臣不得保其首領者，我知之矣。我常說給管事的，不要派他事，權當一個死的就完了。今兒又派了。』鳳姐道：『我何曾不知這焦大。倒是你們沒主意。有這樣，何不打發他遠遠的莊子上去就完了。』甲眉：這是為後協理寧國府伏綫。說着，因問：『我們的車可備齊了？』地下衆人都應：『伺候齊了。』

鳳姐亦起身告辭，和寶玉攜手同行。尤氏等送至大廳，衹見燈燭輝煌，衆小廝都在丹墀侍立。那焦大又恃賈珍不在家，即在家亦不好怎樣，更可以恣意的灑落灑落。因趁着酒興，先罵甲側：來了！大總管賴二，記清！榮府中則是賴大。又故意錯綜的妙！說他不公道，欺軟怕硬：『有了好差事，就派別人，像這樣黑更半夜送人的事，就派我。沒良心的忘八羔子！瞎充管家！你也不想想，焦大太爺蹺起一祇腿，比你的頭還高呢！二十年頭裏的焦大太爺眼裏有誰？別說你們這一把子雜種忘八羔子們！』

正罵的興頭上，賈蓉送鳳姐的車出去，衆人喝他不聽，賈蓉忍不得，便罵了兩句，使人：『捆起來！等明日酒醒了，問他，還尋死不尋死了！』蒙側：可憐！天下每每如此。那焦大那裏把賈蓉放在眼裏，反大叫起來，趕着賈蓉叫：『蓉哥兒！甲側：來了！你別在焦大跟前使主子性兒。別說你這樣兒的，就是你爹、你爺爺，也不敢和焦大挺腰子呢！不是焦大一個人，你們作官兒、享榮華、受富貴？你祖宗九死一生掙下這個家業，到如今，不報我的恩，反和我充起主子來了！不和我說別的還可，若再說別的，咱們紅刀子進去，白刀子出來！（十一）』甲側：忽接此焦大一段，真可驚心駭目。一字化一淚，一淚化一血珠！◎靖眉：焦大之醉，伏可卿死。作者秉刀斧之筆，一字一淚，一淚化一血珠！惟批書者知之。◎是醉人口中文法。一段借醉奴口中閑言，補出寧、榮往事。故特爲天下世人一笑耳！鳳姐在車上說：『以後還不早打發了這沒王法的東西！在這裏豈不是禍害？倘或親友知道了，豈不笑話咱們這樣的人家，連個王法規矩都沒有？』賈蓉答應：『是。』

衆小廝見他撒野不堪了，衹得上來幾個，揪翻捆倒，拖到馬圈裏去。焦大益發連賈珍甲側：來了！都說出來，亂嚷亂叫說：『我要往祠堂裏哭太爺去。甲眉：『不如意事常八九，可與人言無二三！』——以二句批是段（原作假），聊慰石兒。那裏承望到如今，生下這些畜牲來！每日家偷狗戲雞，爬灰的爬灰，養小叔子的養小叔子，我什麼不知道？咱們「胳膊折了，往袖子裏藏」！』甲眉：一部《紅樓》，淫邪之處，恰在焦大口中揭明。◎蒙側：放筆痛駡一回。富貴之家，每罹（原作掠）此禍。衆小廝們聽他說出這些沒天日的話來，唬得魂飛魄喪，也不顧別的，便把他捆起來，用土和馬糞滿滿的填了他一嘴。

鳳姐和賈蓉也遥遥的聞得，便都裝作不聽見。甲側：是極！寶玉在車上，見這般醉鬧，倒也有趣，因問鳳姐道：『姐姐！你聽他說「爬灰的爬灰」，什麼是「爬灰」？』甲側：問得妙！◎蒙側：暗伏後（原作起）來史湘雲之問。鳳姐聽了，連忙豎眉瞪目，亂喝道：『少胡說！那是醉漢嘴裏混唚。甲側：答得妙！你是什麼樣的人，不說不聽見，還要細問！等我回去回了老太太，仔細捶你不捶你！』蒙側：熙鳳能事。唬的寶玉連忙央告：『好姐姐，我再不敢了。』鳳姐道：甲側：哄得妙！『這才是。等回去，咱們回了老太太，打發你學裏念書去要緊。』說着，自回榮府而來。要知端的，且聽下回分解。正是：

不因俊俏難爲友，正爲風流始讀書。甲側：原來不讀書即蠢物矣。

總評

焦大之醉，伏可卿之病至死。周婦之談，勢利之害真凶。作者具菩提心，于世人說法。

校記

〔一〕此處的『磯』字，甲戌本、蒙府本與此同，庚辰本爲『階』字。

〔二〕原文無『因』字，據庚辰本補。
〔三〕原文無『衹聽簾櫳響處，方才和金釧玩的那個小丫頭進來了，問：「奶奶叫我做什麽？」』一句，按庚辰本補入。
〔四〕原文無第二個『下』字，據蒙府本補。
〔五〕原文無『了』字，據庚辰本補。
〔六〕原文無『隔着玻璃窗户，見李紈在炕上歪着睡覺呢，遂』句，按庚辰本補。
〔七〕原文無『再看了一看』，據甲戌本補。
〔八〕原文無『二』字，據庚辰本補。
〔九〕此處的『交結』，原文爲『交接』，據庚辰本改。
〔十〕此處的『秦氏却道』，原文爲『尤氏都道』，蒙府本爲『尤氏道』，校者按文意改。
〔十一〕此處的『咱們紅刀子進去，白刀子出來』，原文爲『咱們白刀子進去，紅刀子出來』，據己卯本改。

第八回　攔酒興李奶母討厭　擲茶杯賈公子生嗔

【回前】幻情濃處故多嗔，豈獨顰兒愛妒人？莫把心思勞展轉，百年事業總非真。

題曰：

古鼎新烹鳳髓香，那堪翠斝貯玉漿。

言綺縠無風韵，試看金娃對玉郎〔一〕。

話說鳳姐和寶玉回家，見過衆人。寶玉先便回明賈母秦鐘要上家塾之事，自己也有了個伴讀的朋友，正好發奮；甲側：未必。又着實的稱贊秦鐘的人品行事最使人憐愛。蒙側：『憐愛』二字，寫出寶玉真神。若是別個，斷不肯透露。鳳姐又在旁幫着說『過日他還來拜老祖宗』等語。說的賈母喜悅起來。甲側：止此便十成了，不必繁文再表，故妙。『偷度金針法』。◎蒙側：鳳姐幫話，是爲秦氏。用意曲（原作屈）盡人情。鳳姐又趁勢請賈母後日過去看戲。賈母雖年高，卻極有興頭。甲側：爲賈母寫傳。至後日，又有尤氏來請，遂攜了王夫人、林黛玉、寶玉等過去看戲。至晌午，賈母便回來歇息了。甲：敘事有法。若祇管寫看戲，便是一無見世面之暴發貧婆矣。寫『隨便』二字，興高則往，興敗則回，方是世代封君正傳。且『高興』二字，又可生出多少文章來。王夫人本是好清淨的，甲：偏與邢夫人相犯，然却是各有各傳。見賈母回來，也就回來了。然後鳳姐坐了首席，盡歡至晚無話。甲側：甚細！交代畢。

卻說寶玉因送賈母回來，待賈母歇了中覺，意欲還去，又恐擾的秦氏等人不便。甲側：全是體貼工夫。因想起近日薛寶釵在家養病，未去親候，意欲去望他一望。若從上房後角門過去，又恐遇見別事纏繞，再或可巧遇見他父親，甲側：本意正傳，實是曩時苦惱，嘆嘆！更為不妥，甲側：細甚！寧可繞遠路罷了。當下衆嬤嬤、丫鬟伺候他換衣服，見他不換，仍出二門去了，衆嬤嬤、丫鬟祇得跟隨出來，還祇當他去那府中看戲。誰知到了穿堂，便向東北繞廳後而去。偏頂頭遇見了門下清客相公詹光、甲側：妙！蓋『沾光』之意。單聘仁甲側：更妙！蓋『善于騙（原祇有『馬』旁）人』之意。二人走來，一見了寶玉，便都笑着趕上來，一個抱住腰，一個攜着手，都道：『我的菩薩哥兒！甲側：沒理沒倫，口氣逼（原作畢）肖！我說作了好夢呢，好容易得遇見了你。』說着，請了安，又問好，嘮叨半日，方才去了。甲側：一路用『淡三色烘染，行雲流水』之法，寫出貴公子家常不即（原作跡）不離氣質。經歷過者，則喜其寫真；未經者，恐不免嫌繁。這老嬤嬤又叫住，問：『你二位是往老爺跟前去的不是？』甲側：爲玉兄一人，却人人俱有心事，細致！他二人點頭道：『老爺在夢坡齋甲側：使人起遐思。妙！夢遇坡之處也。小書房裏歇中覺呢，不妨事的。』甲側：玉兄知己，一笑！一面說，一面走了。說的寶玉也笑了。于是轉彎向北，奔梨香院來。蒙側：吃冷香丸，住（原作往）梨香院，有趣。可巧銀庫房的總領名喚吳新登甲側：妙！蓋云『無星戥！』也。與倉上的頭領名喚戴良，甲側：妙！蓋云『大量』也。還有幾個管事的頭目，共有七個人，從帳房裏出來。一見了寶玉，趕來都一齊垂手站住。獨有一個買辦名喚錢華的，甲：亦『錢開花』之意，隨事生情，因情得文。因他多日未見寶玉，忙上來打千兒請安。寶玉忙含笑攜他起來。衆人都笑道：『前兒在一處看見二爺寫的鬥方，字兒益發好了。多早晚賞我們幾張貼貼！』甲眉：余亦受過此騙，今閱至此，赧然一笑。此時有三十年前向余作此語之人在側，觀其形，已皓首駝腰矣。乃使彼亦細聽此數語，彼則潸然泣下，余亦為之敗興。◎靖眉：沾光、善騙人、無星戥皆隨事生情，調侃世人。余亦受過此騙，閱此一笑。三十年前作此話之人，觀其形，已皓首駝腰矣。使彼亦細聽此語，彼則潸（原作潛）然泣下，余亦為之敗興。寶玉笑道：『在那裏看見了？』衆人道：『好幾處都有，都稱贊的了不得，還和我們尋呢』！蒙側：侍奉上人者，無此等見識，無此等迎奉者，難乎免于厭弃，嗚呼哀哉！寶玉笑道：『不值什麽，你們說給我的小幺兒們就是了。』一面說，一面前走，衆人待他過去，方都各自散了。甲：未入梨香院，先故作若許波瀾曲折。瞧他無意中又寫出寶玉寫字來，固是愚弄公子之閑文，然亦是暗逗寶玉歷來文課事。不然，後文豈不太突兀（原無）？

閑言少述，甲：此處用此句最當。且說寶玉來至梨香院中，先入薛姨媽室中來，見薛姨媽打點針黹與丫鬟們呢。寶玉忙請了安，薛姨媽忙一把拉了他，抱入懷內，笑說：『這麼冷天，我的兒，難為你想着來，快上炕來坐着罷！』命人倒滾滾的茶來。寶玉因問：『哥哥不在家？』薛姨媽嘆道：『他是沒籠頭的馬，天天逛不了，那裏肯在家一日？』寶玉道：『姐姐可大安了？』薛姨媽道：『可是呢，你前兒又想着打發人瞧他。他在裏間裏呢，你去瞧他，裏間比這裏和暖，蒙側：作者何等筆法！『裏間（原作問）裏』三字，恐文氣不足，又貫之以『比這裏和暖（原作緩）』。其筆真是神龍雲中弄影，是必當進去的神理。那裏坐着，我收拾收拾就進來，和你說話兒。』寶玉聽說，忙下了炕，來至裏間門前，衹見吊着半舊的紅綢軟簾。甲側：從門外看起，有層次。寶玉掀簾，一邁步進去，先就看見薛寶釵坐在炕上做針綫，頭上挽着漆黑油光的發兒，蜜合色棉襖，玫瑰紫二色金銀鼠比肩褂，葱黃綾灑綫裙，一色半新不舊，看去不覺奢華。唇不點而紅，眉不畫而翠，臉若銀盆，眼如水杏。罕言寡語，人謂藏愚；安分隨時，自雲守拙。甲眉：畫神鬼易，畫人物難。寫寶卿，正是寫人之筆，若與黛玉并寫，更難。今作者寫得一毫難處不見，且得二人真體實傳，非神助而何？◎甲：這方是寶卿正傳。與前寫黛玉之傳一齊參看，各極其妙，各不相犯。使（原有其）人難其左右于毫末。寶玉一面看，一面口內問：『姐姐可大愈了？』寶釵抬頭，靖眉：十六字乃寶卿正傳。參看前寫黛玉傳，各不相犯，令人左右難其于毫末。◎甲側：與寶玉『邁步』針對。衹見寶玉進來，甲：此則神情盡在烟飛水逝之間，一展眼便失于千裏矣。連忙起身笑答道：『已經大好了，倒多謝記挂着。』說着，讓他在炕沿上坐了，即命鶯兒斟茶來。一面又問老太太、姨娘安，別的姐妹們都好；甲側：這是口中如此。一面看寶玉，甲側：『一面』二。口中眼中，神情俱到。頭上戴着叠絲嵌寶紫金冠，額上勒着二龍搶珠金抹額，身上穿着秋香色立蟒白狐腋箭袖，系着五色蝴蝶鸞縧，項上挂着長命鎖、記名符，另外有那一塊落草時銜來的寶玉。寶釵因笑說道：『成日人家說你的這玉，究竟未曾細細的賞鑒，我今兒倒要瞧瞧。』甲：自回首至此，回回說有通靈玉一物。余亦未曾細細賞鑒，今亦欲一見。說着，便挪近前來。寶玉亦湊了去，從頭上摘了下來，遞在寶釵手內。寶釵托于掌上，甲：試問石兄：此一托，比在青埂峰下，猿啼虎嘯之聲何如？◎甲眉：余代答曰：『遂心如意！』祇見大如雀卵，甲側：體。耀若明霞，甲側：色。瑩潤如酥，甲側：質。五色紋纏護。甲側：文。這就是大荒山中青埂峰下的那塊頑石的幻相。甲側：注明。後人有詩嘲云：

女媧煉石已荒唐，又向荒唐演大荒。

失去幽靈真境界，幻來親就臭皮囊。甲側：二語可入道，故前引莊叟秘訣。

好知運敗金無彩，堪嘆時乖玉不光。甲側：又夾入寶釵，不是虛圖對的工。二語雖粗，本是真情。然此等詩祇宜如此，爲天下兒女一哭！◎靖眉：伏下文，又夾入寶釵，不是虛圖對的工。

白骨如山忘姓氏，無非公子與紅妝。甲側：批得好。末二句似與題不切，然正是極貼切語。

那頑石亦曾記下他這幻相，并癩僧所鐫的篆文。今亦按圖畫于後。但其真體最小，方能從胎中小兒口中銜下。今若按其體畫，恐字迹過于微細，使觀者大費眼光，亦非暢事。故今祇按其形式，無非略展放些規矩，使觀者便于燈下醉中可閱。今注明此故，方無胎中之兒口有多大，怎得銜此狼犺蠢物等語謗餘之談。甲眉：又忽作此數語，以幻弄成真，以真弄成幻，真真假假，恣意游戲于筆墨之中，可謂狡猾之至。做人要老誠，作文要狡猾。

通靈寶玉正面圖式

通靈寶玉

莫失莫忘

仙壽恆昌

通靈寶玉反面圖式（此通靈寶玉的正面和反面圖式，均從庚辰本。）

一除邪祟

二療冤疾

三知禍福

寶釵看畢，靖眉：前回中總用『灰綫草蛇』細細寫法，至此方寫出，是大關節處，奇之至！◎甲：余亦想見其物矣。前回中總用『草蛇灰綫』寫法，至此方細細寫出，正是大關節處。又從新〔二〕翻過正面來細看，甲側：可謂真奇之至！口內念道：『莫失莫忘，仙壽恆昌。』甲側：是心中沉吟（原作音），神理！◎甲眉：《石頭記》立誓一筆不寫一家文字。念了兩遍，乃回頭向鶯兒笑道：『你不去倒茶，也在這裏發呆甲側：閱者試思：此一句是何意思？做什麼？』甲：請諸公掩卷合目想其神理，想其座位之勢，想寶釵面上口中，真妙！鶯兒嘻嘻笑道：『我聽這兩句話，倒像和姑娘的項圈甲側：『金針度』矣。上的兩句話是一對兒。』甲眉：恨顰兒不早來聽此數語，若使彼聞之，不知又有何等妙論趣語，以悅我心臆？◎甲：又引出一個金項圈來，鶯兒口中說出方妙。寶玉聽了，笑說道：『原來姐姐那項圈上也有八個字，甲側：不着而着。◎甲：補出素日眼中雖見，而實未留心。我也賞鑒賞鑒。』寶釵道：『你別聽他的話，甲側：寫寶釵身份。沒有什麼字。』寶玉笑央：『好姐姐，你怎麼瞧我的了呢？』寶釵被纏不過，因說道：『也是個人給了兩句吉利話兒，蒙側：『也是個』等字，移換得巧妙。其雅量尊重，在不言之表。◎甲側：又驚又喜。所以鏨上了，叫天天戴着；不然，沉甸甸的有什麼趣兒。』甲：一句罵死天下濃妝艷飾富貴中之脂妖粉怪！一面說，一面解了排扣，甲側：細！從裏面大紅襖上蒙側：打開。好看煞人。將那珠寶晶瑩、黃金燦爛的瓔珞掏〔三〕了出來。甲：按，瓔珞者，頭飾也。想近俗即呼爲項圈者是矣。寶玉忙托了鎖看時，果然一面有四個篆字，兩面八個，共成兩句吉讖。亦畫形相。

圖式（此寶釵項圈上的正面和反面圖式，均從庚辰本。）

不離不弃 己側：『不離不弃』與『莫失莫忘』相對，所謂愈出愈奇。

芳齡永繼 甲側：合前讀之，豈非一對？◎己側：『芳齡永繼』又與『仙壽恒昌』一對，請合而讀之。問諸公歷來小說中，可有如此可巧奇妙之文，以換新眼目？

寶玉看了，也念了兩遍，又念自己的兩遍，因笑問：『姐姐這八個字倒與我的是一對。』甲側：明明是一對兒！◎甲眉：『花看半開，酒飲微醉』，此文字是也。◎甲：余亦謂是一對，不知幹支中四注八字，可與卿亦對否？鶯兒笑道：『是個癩和尚送的。他說，必須鏨在金器上……』蒙側：和尚在幻境中作如此勾當，亦屬多事。寶釵不待他說完，便嗔他不去倒茶；甲側：寫寶釵身份。◎蒙側：『嗔』字一截（原作劫），截（原作劫）得妙。一面又問寶玉從那裏來。甲側：妙神妙理，請觀者自思。

寶玉此時與寶釵就近，祇聞一陣陣涼森森甜甜的幽香，蒙側：這方是花香襲人正意。竟不知是何香氣，遂問：『姐姐熏的什麼香？我竟從來未聞見過這味兒。』甲側：不知比『群芳髓』又何如？寶釵笑道：『我怕熏香，好好的衣服，熏的烟燎火氣的。』甲側：真真罵死一幹濃妝艷飾鬼怪。寶玉道：『既如此，這是什麼香？』寶釵想了一想，笑道：『是了，是我早起吃了丸藥的香氣。』甲側：點冷香丸。寶玉笑道：『什麼丸藥，這麼好聞？好姐姐，給我一丸嘗嘗！』甲：仍是小兒語氣。究竟不知別個小兒亦如此，還是祇寶玉如此？寶釵笑道：『又混鬧了，一個藥也是混吃的？』

一語未了，蒙側：每善用此等轉換法。忽聽外面人說：『林姑娘來了！』甲側：緊處愈緊，密不容針之文。話猶未了，林黛玉已搖搖甲側：二字畫出身。的（四）走了進來，一見寶玉，便笑道：『哎喲，我來的不巧了！』甲側：奇文，我實不知顰兒心中是何丘壑？◎蒙側：怪急語。寶玉等忙起身笑讓坐。寶釵因笑道：『這話怎麼說？』蒙側：不得不問。黛玉笑道：『早知他來，我就不來了。』

蒙側：更叫人急煞。寶釵道：『我更不解這意。』黛玉笑說道：『要來時，一群都來；要不來，一個也不來。蒙側：又一轉換。若無此，則必有寶玉之窮究，而寶釵之重復，加長無味。此等文章不（原無）是《西游記》的請觀世音菩薩，菩薩一到，無不掃地完結者。今兒他來了，明日我來，如此間錯開了來着，豈不天天有人來了？甲側：强詞奪理！也不至于太冷落，也不至于太熱鬧了。甲側：好點綴。姐姐如何反不解這意思？』甲：吾不知顰兒以何物爲心、爲齒、爲口、爲舌，實不知胸中有何丘壑？

寶玉因見他外面罩着大紅羽緞對衿褂子，甲側：岔開文字。避繁章法，妙極，妙極！因問：『下雪了麼？』地下婆娘們道：『下了這半日雪珠兒。』寶玉道：『取了我的鬥篷來了不曾？』黛玉道：『是不是我來了，他就該〔五〕去了？』甲側：實不知有何丘壑？寶玉笑道：『我多早晚說要去來着？不過拿來預備。』寶玉的奶母李嬤嬤因說道：『天又下雪，也好早晚的了，就在這裏同姐姐妹妹一處玩玩罷。姨娘那裏擺茶果了呢。我叫丫頭去取了鬥篷來，說給小幺兒們散了罷！』寶玉應允。李嬤嬤出去〔六〕，命小廝們都各散去不提。蒙側：極力寫嬤嬤周旋，是反襯下文。

這裏薛姨媽已擺了幾樣細巧茶果，留他們吃茶。甲側：是溺愛，非勢利。寶玉因誇前日在那府裏珍大嫂子的好鵝掌、鴨信。甲：爲前日秦鐘之事，恐觀者忘却，故忙中閑筆，重一渲染。薛姨媽聽了，也把自己糟的，取了些來與他嘗。甲側：是溺愛，非誇富。◎蒙側：不寫酒，先寫糟，將糟引酒。寶玉笑道：『這個須得酬酒才好。』薛姨媽便命人去灌了最上等的酒來。甲側：愈見溺愛。李嬤嬤便上來道：『姨太太，酒倒罷了！』甲眉：余最恨無調教之家，任其子侄肆行哺啜。觀此則知大家風範。寶玉笑央道：『好媽媽，我祇吃一鍾。』李嬤嬤道：『不中用！當着老太太、太太，那怕你吃一壇呢。想那日，我眼錯不見一會，不知是那一個沒調教，祇圖討你的好兒，不管別人死活，給了你一口酒吃，葬送的我挨了兩日駡。姨太太不知道，他性子又可惡，甲側：補出素日。吃了酒，更弄性。有一日，老太太高興了，盡着他吃；什麼日子，又不許他吃，何苦我白賠在裏面。』甲側：浪酒閑茶，原不相宜。◎蒙側：嬤嬤口氣。薛姨媽笑道：『老貨！甲側：二字如聞。你祇放心吃你的去。我也不許他吃多了。便是老太太問，有我呢。』一面命小丫鬟們：『讓你奶奶們去也吃一杯，搪搪雪氣。』那李嬤嬤聽如此說，祇得和衆人且去吃些酒。

這裏寶玉又說：『不必燙暖了，我祇愛吃冷的。』薛姨媽道：『這可使不得！吃了冷酒，寫字手打颭兒。』甲側：酷肖！◎蒙側：點石成金。寶釵笑道：『寶兄弟，虧你每日（七）家雜學旁搜的，甲側：着眼！若不是寶卿說出，竟不知玉卿日就何業。◎甲眉：在寶卿口中說出玉兄學業，是作微露卸春掛（原作挂）之萌耳。是書勿看正面爲幸！難道不知道酒性最熱？若熱（八）吃下去，發散的就快；若冷吃下去，便凝（九）結在內，以五臟去暖他，豈不受害？從此還不快不要吃那冷的呢。』甲：知命知身，識理識性，博學不雜，庶可稱爲佳人。可笑別小說中，一首歪詩，幾句淫曲，便自佳人相許，豈不醜殺！寶玉聽這話有理，甲：寶玉亦聽得出有情理的話來，與前問讀書、家務，并皆大奇之事。便放下冷的，命人暖來方飲。

黛玉嗑着瓜子兒，衹抿着嘴笑。[甲側：實不知其丘壑自何處設想而來？◎蒙側：笑的毒。]可巧[甲側：又用此二字。]黛玉的小丫鬟雪雁走來，與黛玉送小手爐。黛玉含笑問他說：『誰叫你送來的？難為他，那裏就冷死我了！』[甲側：吾實不知何爲心，何爲齒、口、舌？]雪雁道：『紫鵑[甲側：鸚哥改名也（原作已）。]姐姐[甲：又順筆帶出一個妙名來，洗盡『春花』『臘梅』等套。]怕姑娘冷，使我送來的。』黛玉一面接了，抱在懷中，笑道：『也虧你倒聽他的話。我平日和你說的，全當耳旁風；怎麼他說了，你就依，比聖旨還快些！』[蒙側：句句尖刺，可恨可愛，而句意毫無滯礙。◎甲：要知尤物方如此，莫作世俗中一味酸妒獅吼輩看去。]寶玉聽這話，知是黛玉借此奚落他，也無回復之詞，衹笑兩陣罷了。[甲側：這才好。這才是寶玉。]寶釵素知黛玉是如此慣了的，也不去睬他。[甲側：渾厚天成，這才是寶釵。]薛姨媽因道：『你素日身子弱，禁不得冷的，他們記挂着你，倒不好？』黛玉笑道：『姨媽不知道。幸虧是這裏，倘或在別人家，豈不惱？[蒙側：又轉出此等言語，令人疼煞黛玉，敬煞作者。]難道說就看的人家連個手爐也沒有，巴巴的從家裏送來？不說丫頭們太過于小心，衹當我素日是這等輕狂。』[甲：用此一解，真可拍案叫絶，足見其以蘭爲心，以玉爲骨，以蓮爲舌，以冰爲神。真真絶倒天下之裙釵矣！]薛姨媽道：『你是個多心的，有這樣想。我就沒這心了。』

說話時，寶玉已是三鐘過去了。李嬤嬤又上來攔阻。寶玉正在心甜意洽之時，和寶、黛姊妹說說笑笑的，[甲：試問石兄，比當日青埂峰猿啼虎嘯之聲何如？]那肯不吃。寶玉衹得屈意央告：『好〔十〕媽媽！我再〔十一〕吃兩鐘就不吃了。』李嬤嬤道：『你可仔細！老爺今兒在家，堤防問你的書！』甲側：不入耳之言是也。◎甲：不合提此話。這是李嬤嬤激醉了的，無怪乎後文。一笑！寶玉聽了此話，便心中大不自在，慢慢的放了酒，垂了頭。甲：畫出小兒愁處之狀，楔緊後文。黛玉慌忙的說：『別掃了大家的興！舅舅甲側：二字指賈政也。若叫你，衹說姨媽留着呢。這個媽媽，你吃了酒，又拿我們來醒脾了！』甲側：這方是阿顰真意對玉卿之文。一面悄推寶玉，使他賭氣；一面悄悄的咕噥說：『別理那老貨，咱們衹管樂咱們的。』那李嬤嬤便向黛玉笑道：『林姑娘！甲側：如此之稱似不通，却是老嫗真心道出。你不要助着他了。你倒勸勸他，衹怕他還聽些。』黛玉冷笑道：『我為什麼助着他？也不犯着勸他。你這媽媽也太小心了，素日老太太又給他酒吃，如今在姨媽這裏，多吃一口，也不妨事。必定姨媽這裏是外人，不當在這裏的，也未可知。』李嬤嬤聽了，又是急，又是笑，甲側：是認不的真，是不忍認真；是愛極顰兒，疼煞顰兒之意。說道：『真這林姐兒，說出一句話來，比刀子還尖。你這算了什麼？』寶釵也忍不住笑着，把黛玉腮上一擰，甲側：我也欲擰。說道：『這顰丫頭的一張嘴，叫人恨不是，喜又不是。』甲側：可知余前批不謬。◎蒙側：『恨不是，喜不是』，寫盡一向（原作響）含容之量。

薛姨媽一面又說：『別怕，別怕！我的兒！甲側：是接前老爺問書之語。來了這裏，沒好的給你吃，別把這點子東西，嚇的存在心裏，倒叫我不安。衹管放心吃，有我呢！越發吃了晚飯去，便是醉了，就跟着我睡。』因命：『再燙酒來！姨媽陪你吃兩杯，可就吃飯罷。』甲側：二語不失長上之體，且收拾若幹文，千斤力量。寶玉聽了，方又鼓起興來。

李嬷嬷因吩咐小丫頭們：『你們在這裏小心着，我家去換了衣服就來。』悄悄的回姨太太：『別由他的性，多給他吃。』蒙側：『家去換衣服』，是含酸欲怒。『悄悄回』的光景，是不露怒。說着便去了。這裏雖還有三兩個婆子，都是不關痛癢的，甲側：寫的到。見李嬷嬷走了，也都自尋方便去了。祇剩了兩個小丫鬟，樂得討寶玉的喜歡。幸而薛姨媽千哄萬哄，祇容他吃了幾杯，就忙收過了。作酸筍鴨皮湯，寶玉痛喝了兩碗，吃了半碗碧粳粥。甲側：美粥名。一時薛、林二人也吃完了飯，又沏上茶來，大家吃了。薛姨媽放了心。雪雁等三四個丫頭已吃了飯，進來伺候。黛玉因問寶玉道：『你走不走？』甲側：妙問。◎蒙側：『走不走』，語言真是黛玉。寶玉乜斜倦眼道：甲側：醉意。『你要走，我和你一同走。』甲側：妙答。黛玉聽說，甲側：此等話，阿顰心中最樂。遂起身道：『咱們來了這一日，也該回去了。還不知那邊怎麼找咱們呢！』說着，二人便告辭。

小丫頭忙捧過鬥篷來，甲側：不漏。寶玉便把頭略低一低，命他戴上鬥笠。那丫頭便將大紅氈鬥笠，往寶玉頭上一遏，寶玉便說：『罷，罷！好蠢東西，你也輕些兒！難道沒見別人甲側：別人者，襲人、晴雯之輩也。戴過的？讓我自己戴罷。』黛玉站在炕沿上道：『羅唆什麼，過來，我瞧罷。』蒙側：知己最難逢，相逢意自同。花新水上香，花下水含紅。寶玉忙就前來。黛玉用手輕輕攏住束發冠，將笠沿拽在抹額上，將那一朵核桃大的絳絨簪纓扶起，顫巍巍露于笠外。整理已畢，端相了一會，說道：『好了，披上鬥篷罷！』甲：若使寶釵整理，顰卿又不知有多少文章。寶玉聽了，方接了鬥篷披上。薛姨媽忙道：『跟你們的媽媽都還沒來呢，且略等等！』寶玉道：『我們倒等他們！有丫頭們跟着也夠了。』蒙側：伏筆。薛姨媽不放心，因命兩個婦女跟隨他兄妹方罷。他二人道了擾，一徑回至賈母房中。

賈母尚未用晚飯。知是薛姨媽處來，更加歡喜。甲側：收得好極！正是寫薛家母女。因見寶玉吃了酒，遂命他自回房去歇着，不許再出來了。因命人好生管待。忽想起跟寶玉的人來，遂問：『李嬷嬷怎不見？』甲側：細！◎蒙側：逼近。衆人不敢直說家去了，甲側：有是事，大有是事！祇說：『才進來了，想有事才去了。』寶玉踉蹌回顧道：『他比老太太還受用呢，問他做什麽！沒有他，祇怕我還多活兩日！』一面說，一面來至自己臥室。祇見筆墨在案，甲側：如此找前文，最妙，且無逗榫（原作笋）之迹。晴雯先接出來，笑說道：『好，好！要我研了那些墨，早起高興，祇寫了三個字，丢了筆就走了，哄的我們等了一日。甲側：憨，活現！余雙圈不及。快來給我寫完這些墨才罷！』甲側：補前文之未到。◎蒙側：嬌痴婉轉，自是不凡。引後文。寶玉忽然想起早起的事來，因笑道：『我寫的那三個字在那裏呢？』晴雯笑道：『這個人可醉了。你頭裏過那府裏去，囑咐我貼在這門鬥上的，這會子又這麽問我。還怕別人貼歪了，甲側：全是體貼一人。我親自爬高上梯的貼上，甲側：可兒，可兒！這會子還凍的手僵冷的呢！』甲側：可兒，可兒！◎甲：寫晴雯，是晴雯走下來，斷斷不是襲人、平兒、鶯兒等語氣。寶玉聽了，笑道：甲側：是醉笑。『我忘了。你的手冷，我替你捂着。』說着便伸手攜了晴雯的手，同仰首看門鬥上新書的三個字。甲側：究竟不知是三個什麼字，妙！◎甲眉：是不作『開門（原作詞幻）見山』文字。◎蒙側：何等景象，真是一幅（原作付）教歌圖。

一時黛玉來了，寶玉便笑道：『好妹妹！你別撒謊，你看這三（十二）個字那一個好？』黛玉仰頭看裏間門鬥上，新貼的三個字，寫（十三）着『絳芸軒』。甲側：出題，妙！原來是這三字。◎蒙側：照應絳珠。黛玉笑道：『個個都好。怎麼寫這麼好了？明兒也替我寫一個匾。』甲側：滑賊！寶玉嘻嘻的笑道：『又哄我呢。』說着又問：『襲人姐姐呢？』甲側：斷不可少。晴雯向裏間炕上努嘴。甲側：畫。寶玉一看，衹見襲人和衣睡着在那裏。寶玉笑道：『好，好！太早了些！』甲側：絳芸軒中事。因又問晴雯道：『今兒我那府裏吃早飯，有碟子豆腐皮的包子，我想你愛吃，和珍大奶奶說了，衹說我留着晚上吃，叫人送過來了，你可吃了？』晴雯道：『快別提。一送了來，我知道是我的，偏我才吃了飯，就擱在那裏。蒙側：與攆兒抿着嘴兒笑的文字一樣葫蘆。後來李嬤嬤來了看見，說：「寶玉未必吃了，拿來給我孫孫吃去罷。」他就叫人拿了家去了。』蒙側：嬤嬤們托大（原作文）處，每每如此。◎甲：奶母之倚勢，亦是常情；奶母之昏憒，亦是常情。然特于此處細寫一回，與後文襲卿之酥酪遙遙一對，足見晴卿不及襲卿遠矣。余謂晴有林風，襲乃釵副，真真不錯。接着茜雪捧上茶來。寶玉因讓：『林妹妹吃茶！』衆人笑說：『林妹妹甲側：三字是接上文口氣而來，非衆人之稱。早走了，甲眉：寫攆兒去，如此章法，從何設想？奇筆，奇文！還讓呢！』

寶玉吃了半碗茶，忽又想起早起的茶來，甲側：醉態。逼真！ ◎甲：偏是醉人搜尋的出，細事，亦是真情。 因問茜雪道：『早起沏了一碗楓露茶，甲側：與『千紅一窟』遙映。 我說過，那茶是三四次後才出色的，這會子怎麼又沏了這個來？』甲側：所謂『閑茶』是也。與前『浪酒』一般起落。◎辰：可謂閑茶，與前『浪酒』相照。 茜雪道：『我原是留着的，那會子李奶媽來了，他要嘗嘗，就給他吃了。』甲側：又是李嬷。事有湊巧，如此類是。 寶玉聽了，將手中的茶杯祇順手甲側：是醉後，故用二字。非有心動氣也。 往（十四）地下一擲，甲眉：按警幻情（原作講）榜，寶玉系『情不情』。凡世間之無知無識，彼俱有一痴情去體貼。今加『大醉』二字于石兄，是因問包子、問茶、順手擲杯、問茜雪、攆李嬷，乃一部中未有第二次事也。襲人數語，無言而止，石兄真大醉也。余亦雲：實實大醉也。雖（原無）難辭（原作碎）醉鬧，非薛蟠紈袴輩可比。 『豁啷』一聲，打個粉碎，潑了茜雪一裙子的茶。又跳起來問茜雪道：『他是你那一門子的奶奶，你們這麼孝敬他？不過是仗着我小時候吃過他幾日奶罷了。甲側：真醉了。 如今逞的他比祖宗還大。如今我又吃不着奶了，白白的養着祖宗似的！攆了出去，大家幹淨！』甲側：真真大醉了。 說着立刻要去回賈母，攆他乳母。

原來襲人并未睡着，不過故意裝睡，引寶玉來慪他玩。蒙側：祇須郎看，不禁（原作進）郎嗔（原作真），是妙法。 先聞得問包子等事，也還可不必起來。後來摔了茶鐘，動了氣，遂連忙來解釋、勸阻。早有賈母遣人來問是怎麼了。甲側：斷不可少之文。 襲人忙道：『我才倒茶來，被雪滑倒了，甲側：現成之至！瞧他寫襲人爲人。◎蒙側：襲人另有一段居心，一番行止。 失手砸（十五）了鐘子。』一面又安慰寶玉道：『你立意要攆他也好，甲側：二字奇，使人一驚。 ◎蒙側：先主取西川，方得立基業，而偏不肯取，大與此意同。 我們也都願意出去，不如趁勢連我們一齊攆了，我們也好，你也不愁沒有好的來伏侍。』寶玉聽了這話，方無了言語，被襲人扶至炕上，脫換了衣服。不知寶玉口內說些什麼，衹覺口齒綿〔十六〕纏，眼皮愈加餳澀，（甲側：二字帶出平素形象。）忙伏侍他睡下。襲人伸手從他頭上摘下那通靈玉來，用自己的手帕包好，塞在褥下——次日戴時便冰不着脖子。（甲：試問石兄：此一焐，比青埂峰下鬆風明月如何？）那寶玉就枕就睡着了。彼時〔十七〕李嬷嬷等已進來了，聽見醉了，不敢前來再加觸犯，衹悄悄的打聽睡了，方放心散去。（甲眉：『偷度金針法』，最巧。◎甲：交代清楚。『塞玉』一段，又爲『誤竊』一回伏綫。晴雯、茜雪二婢，又爲後文先作一引。）

次日醒來，（甲：以上已完正題。以下是後文引子，前文之餘波。此文收法，與前數回（原無）不同矣。）就有人回：『那邊小蓉大爺帶了秦相公來拜。』寶玉忙接了出去，領了拜見賈母。賈母見秦鐘形容標致，舉止溫柔，堪陪寶玉讀書，（甲側：嬌（原作驕）養如此！溺愛如此！）心中十分歡喜，便留茶留飯，又命人帶去見王夫人等。衆人因素愛秦氏，今見了秦鐘是這般的人品，也都歡喜。臨去時，都有表禮。賈母與了一個荷包并一個金魁星，（甲眉：作者今尚記金魁星之事乎？撫今思昔，腸斷心摧！◎靖眉：作者撫今之事，尚記金魁星乎？思昔腸斷心摧（原作催）！）取『文星和合』之意。（蒙側：雅致。）又囑咐他道：『你家住的遠，或一時寒熱饑飽不便，衹管在我這裏，不必限定了。衹和你寶叔在一處，別跟着那一起不長進的東西們學。』（甲側：總伏後文。）秦鐘一一的答應，回去稟知。

他父秦業，（甲：妙名。業者，『孽』也，蓋雲『情因孽而生』也。）現任營繕郎，（甲：官職更妙！設雲『因情孽而繕此一書』之意。）年近七十，夫人早亡。因當年無兒女，便向養生堂抱了一個兒子并一個女兒。誰知兒子又死了，甲側：一頓。祇剩女兒，小名喚可卿，甲：出名。秦氏究竟不知系出何氏？所謂『寓褒貶，别善惡』是也。秉刀斧之筆，具菩薩之心，亦甚難矣！如此寫出可兒來歷，亦甚苦矣！又知作者是欲天下人共來哭此『情』字。長大時，生的形容裊娜，性格風流。甲側：四字便有隱意。《春秋》字法。因素與賈家有些瓜葛，故結了親，許與賈蓉為妻。那秦業至五旬之上，方得了秦鐘。因去歲業師亡故，未暇延請高明之士，祇暫在家溫習舊課。正思要和〔十八〕親家甲側：指賈珍。去商議，送往他家塾中去，暫且不致荒廢，可巧遇見了寶玉這個機會。又且賈家現今司塾是賈代儒，甲側：隨筆命名，省事。乃當今之老儒。秦鐘此去，學業料必進益，成名可望，因此十分喜悅。祇是宦囊羞澀，那賈家上上下下都是一雙富貴眼睛，甲側：為天下讀書人（原無）一哭，寒素人一哭！贄見禮必須豐厚，一時又不能拿出，為兒子的終身大事，甲側：原來讀書是『終身大事』。說不得東拼西湊的，恭恭敬敬甲側：四字可思。近之鄙薄師父者來看。的封了二十四兩禮，蒙側：父母之恩，昊天罔極。◎甲：可知『宦囊羞澀』與『東拼西湊』等樣，是特為近日守錢虜而不使子弟讀書之輩一大哭。親身帶了秦鐘，來代儒家拜見。然後聽寶玉上學之日，好入塾。甲：不想『浪酒閑茶』一段，金玉旖旎之文後，忽用此等寒瘦古拙之詞收住，亦行文之大變體處。《石頭記》多用此法，歷觀後文便知。正是：

早知日後閑争氣，豈肯今朝錯讀書。甲側：這是隱語微詞，豈獨指此一事哉？余則謂（原作為）：讀書正為争氣。但此争氣與彼争氣不同。寫來一笑！

總評

一是先天銜來之玉，一是後天造就之金。金水相合，是成萬物之象，再遇水而過寒，雖有酒漿，豈能助火？因生出黛玉之諷刺，李嬷嬷之嘮叨，晴雯、茜雪之嗔惱，故不得不收功静息，涵養性天，以待再舉。識丹道者，當解吾意。

校記

〔一〕原文無此回前詩，據甲戌本補。

〔二〕原文無『新』字，據庚辰本補。

〔三〕此處的『掏』字，原文爲『掬』字，據甲戌本改。

〔四〕原文無『摇摇的』三字，據甲戌本補。

〔五〕此處的『該』字，原文爲『講』字，據庚辰本改。

〔六〕此處的『出去』二字，原文爲『出』字，按庚辰本改。

〔七〕原文無『日』字，據蒙府本補。

〔八〕原文無『熱』字，據庚辰本補。

〔九〕原文無『凝』字，據庚辰本補。

〔十〕原文無『好』字，據庚辰本補。

〔十一〕原文無『再』字，據庚辰本補。

〔十二〕原文無『三』字，據庚辰本補。

〔十三〕此處的『寫』字，原文爲『看』，據庚辰本改。

〔十四〕此處的『往』字，原文爲『望』，據庚辰本改。

〔十五〕此處的『砸』字，原文爲『軋』，據庚辰本改。

〔十六〕此處的『綿』字，原文爲『綫』，據庚辰本改。

〔十七〕原文無『彼時』二字，據庚辰本補。

〔十八〕此處的『和』字，原文爲『合』，據庚辰本改。